U1018732

《石帆》丛书编委会

顾　　问　黄建波　谢秀桐　欧阳晓波　蔡福勇
　　　　　郑晓东　陆永建　黄良希

主　　任　严小华　林　滨

副 主 任　林心平　高　云

主　　编　严小华　林　滨

副 主 编　高　云　余小燕　念家圣

执行主编　杨际岚

石帆

20

福建省平潭综合实验区作家协会 编

海峡文艺出版社

海峡出版发行集团 THE STRAITS PUBLISHING & DISTRIBUTING GROUP | 海峡文艺出版社 Haixia Literature & Art Publishing House

图书在版编目(CIP)数据

石帆.20/福建省平潭综合实验区作家协会，海峡文艺出版社编.-福州：海峡文艺出版社，2021.12
ISBN 978-7-5550-2700-3

Ⅰ.①石… Ⅱ.①福…②海… Ⅲ.①中国文学－当代文学－作品综合集－平潭县 Ⅳ.①I218.574

中国版本图书馆 CIP 数据核字(2021)第 154931 号

石帆.20

福建省平潭综合实验区作家协会 海峡文艺出版社 编

责任编辑	任心宇
出版发行	海峡文艺出版社
经　　销	福建新华发行(集团)有限责任公司
社　　址	福州市东水路 76 号 14 层　**邮编** 350001
发 行 部	0591－87536797
印　　刷	福州力人彩印有限公司　**邮编** 350012
厂　　址	福州市晋安区新店镇健康村西庄 580 号 9 栋
开　　本	787 毫米×1092 毫米 1/16
字　　数	160 千字
印　　张	12.25
版　　次	2021 年 12 月第 1 版
印　　次	2021 年 12 月第 1 次印刷
书　　号	ISBN 978-7-5550-2700-3
定　　价	48.00 元

如发现印装质量问题，请寄承印厂调换

目录

文汇·短篇小说

文汇·报告文学

文汇·散文

文汇·诗歌

专辑·映象

蓝眼泪（散文）

◎南　帆

“老夫聊发少年狂”，周末驱车近百公里，到平潭岛看“蓝眼泪”。岛上的友人告知，天气闷热的夜晚，海里的一种微生物会浮出海面呼吸。浪涛翻卷，这些微生物发出幽蓝的微光勾出了海浪的摇荡和起伏波纹。“蓝眼泪”来自哪一位诗人的命名吗？不得而知。传统想象之中，那些快乐的“小精灵”多半是蓝色的，它们担任的是轻喜剧之中调皮的角色。“蓝眼泪”仿佛隐含了忧郁和悲伤。大海的哭泣。网络流传一些“蓝眼泪”的相片，隐藏于浪涛弧线之中变幻多端的幽蓝荧光犹如无所不能的电脑工程师在屏幕上合成的一样。当然，汹涌的大海不接受程序、软件和鼠标、键盘的指令。“蓝眼泪”可遇不可求。这种幽蓝的微光踏浪而来，倏忽而逝。

平潭是一个大岛，300多平方公里。空中俯视，摊在海面的岛屿状如麒麟。平潭岛位居台湾海峡入口，相距台湾的新竹仅68海里。岛上有一个小县城，县城街道上那些贴着马赛克的公寓楼房已经陈旧。乡村许多石块垒出的小楼，四四方方的，低矮而坚固，错杂地趴在山坡上，集聚成一个个小村落，绿色的藤蔓或者粉红的三角梅不时从石块小楼的墙角闪出。这些石块小楼扛得住呼啸而来的海风。海风从宽阔的东海涌入窄窄的台湾海峡，争先恐后地夺路而行。平潭岛是一个挺身而出的哨位，不动不摇。平潭岛每年刮风的日子超过200天，海风又硬又尖，地面上刮得动的东西都吹走了。

进入平潭岛的一座跨海大桥刚刚通车10年左右。高速公路翻越过一座小山，葱绿的山坡底下豁然展开海浪翻卷的海峡。这儿是一个风口，几排乳白的风力发电风车悠然转动。这儿架设一座跨海大桥，凶猛而厚重的海风甚至比湍急的海流更难对付。每一年的夏季，总有几个来自太平洋的台风威严地路过，3500多米的桥梁仿佛在风中颤抖。台风来临的时候必定要封桥。一个熟人有急事抢在封桥之前入岛。乱云疾驰，大风的先头部队已经抵达。他担心驾驶的小轿车会像一片树叶被吹到海里去，只得雇一辆装满货物的大集装箱卡车轰隆隆地过桥，他的小轿车战战兢兢地躲在集装箱卡车一侧的阴影里跟了过去。

呼啸的海风将这个岛上许多人的性格吹得像石头一样坚硬。一批又一批的青壮年渡过海峡，离开平潭岛四处打工。他们躯体刚硬，肤色黝黑，勇于吃苦，接得下许许多多的重活。不知什么缘故，平潭岛的人显示出开凿山间隧道的天赋。大山如同一群巨兽傲然挺立，一群来自海岛的人钻入它们肥大的躯体疏通经络，亦是一奇。乘坐火车或者汽车穿过幽暗的隧道，我时常猜测是不是平潭岛那些人的作品。一个又一个隧道工程完成，平潭岛的一些人渐渐成了公司的老总，脖子变粗了，肚子也慢慢腆起来。然而，不管身家多少个亿，黝黑的皮肤依然不变。没有这一副皮肤，岛上的海风会认不出他们。

我的一个乒乓球友来自平潭岛，是哲学教授。由于漫长的哲学生涯，他的皮肤渐渐褪去了风沙的痕迹，但是，平潭岛的脾气依然火爆，丝毫没有哲学的慢条斯理。哲学教授开车贼快，时常飙车一般冲回岛上的老家，拎来几个纸箱的螃蟹，顺手送一箱给我。如果我伪装客气，假惺惺地推辞，他会像训斥坏学生一样恶语相向。哲学教授邀请我和几个球友到他的学校打乒乓球。到了球馆，几位本校的师生已经占住了球台。哲学教授静静地旁观了几分钟，突然大声吆喝：客人已经到了，你们为什么还装着没有看见？那些本校的师生灰溜溜地走开了，剩下我们这几个反客为主的家伙尴尬地站在那里，进退两难。

这个周末我是从另一座新建的跨海大桥入岛。新建的大桥在平潭岛的北端，长 16 公里，中途借用几个浮出海面的小岛支撑，整座大桥如同一个漂亮的三级跳。这儿是另一个风口，刮风的日子可以在海面掀起 10 米高的巨浪。这一座跨海大桥分上下两层：上层为六车道的高速公路，下层为时速 200 公里的高速铁路。那些居住在石块小楼的人们只要出门走几步，即可坐到乳白色列车的空调车厢里。崭新的柏油公路四通八达，地平线上错落起伏的玻璃幕墙高楼，还有大片大片密集的防风林，例如木麻黄、南洋杉、相思树。这一次我穿过六车道的跨海大桥入岛，寻访一种细如沙粒的微生物。它们被海水托举到浪尖，发出幽蓝的微光，然后跟随海浪哗地扑到沙滩上，100 秒之后熄灭，死去。

驾车在岛上起伏盘旋，灼亮的骄阳烤得车顶发烫。轿车呼地冲上山巅，突然看到山坡下面数十台乳白的风力发电风车列成方阵直接安装于海里，仿佛是生长于碧绿海水之中某种奇怪的植物；轿车下山的时候，对面一面山坡屏风一般打开，山坡上层层叠叠地排列着石块小楼；一台风力发电风车的巨大风轮缓缓地从山坡背后升起，风轮的直径几乎与山坡一样宽，巨大的叶片轻轻地转动，带有几分魔幻的意味。这时我听到一个同行的伙伴说，风轮转一圈带来的利润是 10 元钱。是不是可以将这些风车视为看守岛屿的白色巨人？他们气定神闲，悠然转动的风轮仿佛在与天外的宇宙通话。

打开车窗，热烘烘的海风涌入窗口。轿车穿行于潮湿的燠热之中，驶向一个约会般的浪漫夜晚。可是，过分的燠热和湿度意外地造就了一场猝不及防的大雷雨。闪电炸裂天空，轰隆隆的惊雷劈头抡下，片刻之间，车窗上水流模糊了视线，雨刷急骤地开始摆动。雷雨持续的时间不到一个小时，雨后的空气沁人心脾，可是，岛上的友人立即觉得不妙。天清气爽，海里那些微生物或许会早早地睡去而不再到海面逛来逛去。傍晚的湿漉漉海滩正在等待涨潮，一个同行的伙伴回忆说，上一回就在这儿等到了“蓝眼泪”。走过沙滩的时候，每一个陷下去的脚印都发出了蓝光，甚至暴露在空气中的一条胳膊也蓝光闪闪。我们羡慕地听着，但是，我清晰地意识到，今晚“蓝眼泪”大概不会来赴约了。

平潭岛上竟然可以用手机下载到一个报告“蓝眼泪”动向的软件，微信群里随时有人通知哪一片海域冒出了“蓝眼泪”。晚餐的时候手机突然传来消息，不远的地方开始有动静。匆匆驱车赶到，那儿是公路旁边的一个小港口，几艘渔轮和渔船静静地停泊在黑暗中。港口的石栏附近陆续出现一些闻讯前来的人，“蓝眼泪”寻访者开始在昏暗的街道汇聚。一个人端来一盆水哗地泼到港口的河道里，一圈微蓝的水花跳动起来，周围一阵轻微的欢呼。另一个人站到河道码头的台阶上，挥舞手中的竹竿在水里搅起几道微蓝的波纹，岸边是屏气敛息地期待。然而，事情到此为止，竹竿搅起的微蓝也渐渐隐没了。街道上一个保安模样的人踱过来，他内行地说，此时风向已变，那些幽蓝的精灵不再聚集在岸边，而是回到了大海的深处。如若执意要见一见，只能乘大船出海。

当然，这种建议只能一笑置之。我们没有考虑留宿岛上，而是在临近午夜的时候返回。再度路过16公里的跨海大桥，黑暗中已经无法看到海水。桥下是否有“蓝眼泪”随波荡漾？这个疑问一闪而过，答案似乎不重要。那些微生物待在愿意待的地方，轻松自在，一切安好。桥面寂静无人，一盏一盏的路灯衔接为遥远的一串。心满意足，没有任何失落之感。平潭岛已经落在身后，但是，这个岛屿始终屹立于摇荡的海流之中，沙滩平坦，海风咸湿，礁石嶙峋，拍上礁石的浪涛轰然作响，夜深人静的时候还会听到潮水的悠长叹息。任何时候都可以再来，不论能否遇得到“蓝眼泪”。

南帆，著名学者，散文家。福建社会科学院院长、研究员，福建师范大学特聘教授，博士生导师，福建省文联主席，中国作家协会全委会委员。

已出版学术著作多种。《关于我父母的一切》获第三届华语文学传媒大奖散文家奖，散文集《辛亥年的枪声》获第四届鲁迅文学奖散文奖，学术著作《五种形象》获第五届鲁迅文学奖理论批评奖。

梦中桥　诗中桥　心中桥

——平潭的那一座桥（散文）

◎ 陈慧瑛

平潭那一座桥，是昔日平潭人梦中的桥，是今天世人诗中的桥，是匆匆过客的我心中的桥！

关于桥的歌唱

“桥”永远是一个美丽的字眼，无论古今中外。提到桥，总会想起无数关于桥的歌唱——“二十四桥明月夜，玉人何处教吹箫？”“伤心桥下春波绿，疑是惊鸿照影来。”“隐隐飞桥隔野烟，石矶西畔问渔船。”“朱雀桥边野草花，乌衣巷口夕阳斜。”多情才子的歌吟也罢，文人雅士的怀古也罢，桥，总是手牵手、心连心的象征；桥，总是“造福于民”与“美好吉祥”的载体和化身。

千古以来，提到桥，人们总会把它与许许多多或温馨，或浪漫，或凄美的爱情故事相连。2000多年前，美丽的虞姬，为盖世英雄项羽殉情在江苏沭阳的霸王桥下；1000多年前，伟大的诗人陆游，在他饱经风霜的耄耋之年，来到绍兴沈园小桥边，深深怀念他的初恋，留下了流传千古的爱情诗篇；梁山伯与祝英台缠绵悱恻的十八相送：“送君送了十八里，长桥不长情意长”，双双化蝶而去；风光如画的杭州西湖断桥上，演绎了家喻户晓的许仙和白娘子相遇、相知、相爱的悲情绝唱……至于外国小说、电影中的《廊桥遗梦》《魂断蓝桥》等，莫不是与桥息息相关的爱情悲欢！

有山的地方，难免有桥；有水的地方，大抵有桥；有人烟的地方，少不了桥，因此，提到桥，不论你是青头少年，还是苍苍老者，往事历历，你的心，都会柔软如绵。当然，那是古人的情怀，今人更看重的却是桥的功能、桥的奉献了！

且不说那世界现存的最大的敞肩桥赵州桥，那驰名千秋的苏州宝带桥，那泉州的万安桥、北京的卢沟桥、涿州的永济桥等，它们在中国以至世界桥梁史上留下至今不泯的辉煌，就说当代举世闻名的中国的南京长江大桥、武汉长江大桥、香港青马大桥，以及美国金门大桥、澳大利亚悉尼大桥、法国诺曼底大桥、日本多多罗大桥等，这些横跨大江、大河、大海的长桥，它们对于人类政治、经济、文化、生活的贡献，就远远不只是壮丽景观的欣赏、美好情感的寄托了！

平潭那一座桥

形似祥兽麒麟的平潭，简称岚。岚者，山风也。从前，它的确是一个边远荒凉漫天风沙的海岛。纵然，这里有一望无际、秀丽如画的龙王头沙滩，有危岩峭立、云飞浪逐的君山，有天下奇绝海坛天神，有旷古奇观泮洋石帆，有神秘莫测的仙人谷、仙人井等诸多迷人风景，有无数古老的传说，有不少英雄故事，还有许多脍炙人口的民俗风情，但路遥遥、水迢迢，行旅不便，总还是养在深闺人未识。

自 2010 年中央将平潭定位为开发区后，平潭发展起来了。植树造林、吹沙造地，一栋栋高楼大厦拔地而起，一条条长街广衢足下延伸，一座座码头临海而立。已建成的金碧辉煌的星级宾馆，宏伟壮观的海关大楼，美丽辽阔的海渔广场以及独具特色的风力发电，配套的幼儿园、小学、中学等；建设中的如意城、海坛古城、小商品市场、水果市场、客轮码头等，还有纷至沓来的宾朋和慕名而来的游客，如今这儿满目翠树碧草鲜花五彩缤纷，凡此种种，无不骄傲地向世人宣称：昔日风硬土瘠、贫穷落后的平潭已成为历史，一个全新的现代化的平潭正昂首崛起！

几乎所有的人们：原住民、官员、创业者、远道而来的客人，无不兴致勃勃地赞叹眼前天翻地覆骇世震俗的惊人巨变。而我，平潭归来，却深深地想起一座桥、一座沟通往昔和今日的桥、一座承载历史艰辛和现实辉煌的桥、一座圆满父老乡亲祖祖辈辈的美梦和向往的桥……

这座桥，名叫平潭海峡大桥。

平潭是我国第五大岛，福建第一大岛，西边凭海坛海峡连接大陆，东面依台湾海峡紧邻台湾，素有“千礁岛县”之称。由于海峡阻隔，千百年来，这里的人们外出只能靠舟行船渡，平日里人车争渡，在渡口待渡一等数小时是常事，遇上危重病人外出求医、婚嫁新人赶赴佳期、紧要公务火急出岛、远方游子苦盼回乡种种，真是五内煎熬，呼告无门；倘若台风来临或暴风雨来袭，一连数日，轮渡停航，遥望彼岸，那一种望洋兴叹、可望而不可即的愁肠百结，非亲历其景难以体味！至于商品流通、经济发展因交通不便受到的制约，那就更可想而知了！

平潭人祖祖辈辈渴望一座桥，一座开拓平潭未来的桥，一座拥有活力与生命的桥！但是，千年如流水，平潭人生活在痴痴的期盼里！

21世纪初，平潭县实验小学三年级学生吴立舒，给福建省交通厅领导写了一封信，附上了她的作文《我的大桥梦》。立舒小朋友写道：“在宁静的夜晚，我做了一场美梦，梦见平潭大桥像一条巨大的纽带，把小山东和娘宫连接起来……桥上一片繁忙，桥两边的大理石上，雕刻着青龙，一共39条，代表着平潭39万人民。”领导看了很感动，便到平潭来视察，并把建设平潭大桥纳入议程。然而，一个贫困的海岛，要建一座桥谈何容易？“路漫漫其修远兮”，这件修桥惠民的好事，艰辛的奋斗历程横跨了18个春夏秋冬——

1992年，平潭正式提出建设大桥，邀请相关单位进行海底地质勘探和可行性研究；1994年，福建省计委、省外经委为建设大桥立项并进行全国性招标；1995年，平潭县与香港一家公司签订建桥合同，但港方因所需资金缺乏保障及短期内投资无法回收而毁约；1998年，福建省政府将大桥作为重点招商项目与法国某集团达成合作意向，但该公司在多次考察后，对大桥车流量和平潭经济发展缺乏信心，选择退出；1999年，福建省交通规划设计院对大桥“预可”报告进一步修订，2001年完成。2005年，国家发改委批复大桥项目建设框架；2007年5月，国家发改委通过大桥初步可行性研究报告，同年9月，交通部批复大桥初步设计方案；2007年11月30日，孕育着世世代代平潭人梦想和期待的平潭大桥，终于正式动工；2010年9月15日，起自福清小东山、止于平潭娘宫的平潭大桥全线贯通合龙；2010年11月30日，总长4676米、双向四车道的平潭大桥终于通车。通车的时刻，选在上午10时10分，意喻“十全十美”。从此，平潭正式与福州内陆相连；从此，平潭人告别了依靠轮渡进出岛屿的历史。

一座大桥的建设历史，等于一个婴儿从出生到18岁完成成人礼。这漫漫的18个春秋，凝聚着各级、各部门领导的关怀和支持，特别是平潭几届父母官坚韧不拔的意志和不离不弃的努力，凝聚着成千上万造桥人无数艰辛的汗水和心血，那是任你妙笔生花，也描摹不尽的人间壮举！

一个美妙的童话成了现实，一个关于飞渡蓝色大海的好梦成真，一只渴望飞奔的麒麟终于矫健起跑。难怪，大桥通车之日，平潭县城万人空巷，父老乡亲涌上街头，热泪盈眶、载歌载舞、鞭炮连天，用热烈的狂欢，来见证这辉煌的时刻——平潭，小立舒的海峡大桥梦实现了！平潭人，终于走上现代化的天桥！

平潭这一座桥，给予平潭人的，不仅是个人儿女情怀的圆满，也不仅是人间美景的低吟浅唱；这一座桥的诞生，代表着一个海岛的新生，给予的是几十万乃至上百万人的福祉，成就的是一个欣欣向荣的未来！

令人振奋的是，2010年春天，省委书记孙春兰同志前来平潭视察，看到还未竣工的大桥只有四车道，回省里后马上召开常委会研究，决定在平潭复制一座并行的姐妹桥，纳入省高速公路管理。这对于平潭人民和平潭开发区，这是天大的喜讯！

于是，2010年9月15日，平潭海峡大桥复桥动工。姐妹桥两条比翼齐飞的金龙，托起了平潭开发区这一片金光闪闪的天地！

别忘了造桥人

今日平潭，人烟鼎盛，花团锦簇，一片片豪华的现代建筑在烟尘滚滚中华丽现身。海峡彼岸与此地，最近距离仅68海里；福州和海岛，车程只有一个多小时，一桥飞架南北，天堑变通途，人流、物流、车流，十倍、百倍滚滚而来，旅游额猛翻了几倍。无限商机，诸多胜景，令平潭身价百倍。

今天，当汽车以短暂的5分钟，飞快地驶过大桥，驶进开发区，可能有许多人会忽略——车轮下那一座日日夜夜栉风沐雨迎来送往的桥。但是，如果没有这一座桥，荒僻的平潭就没有今天轰轰烈烈的开放与建设，孤独的海岛就没有今天丰富的物质文明和精神文明！那是一通百通无处不通的幸福桥呀，那是千人万人百千万人的生命之桥！

当夕阳西下时分，我站在海边航站大楼上，迎着飒飒如歌的秋风，俯视金光灿烂、如戏水游龙腾挪于碧海银波的平潭大桥，远眺车水马龙、如潮水推涛拥浪气象万千的平潭大桥，我的眼前，是美妙怡人、诗情画意、令人浮想联翩的壮丽风光；我的心中，对这座铭刻历史、继往开来、创造福音的梦中桥、诗中桥、功德桥，充满了感恩之心，充满了真诚的温情，充满了深深的敬意！

有一位哲人说得好："没有桥，如何到达彼岸？没有路，如何走向世界？不要忘记桥，更不要忘记搭桥人；不能忽略路，更不能忽略铺路者。"所以，我想，所有的平潭人都不会忘记这座祖祖辈辈苦苦期盼终于美梦成真的大桥，不会忘记所有为大桥的诞生而付出青春、智慧和血汗的造桥人！

陈慧瑛，著名作家、诗人。出生于新加坡，祖籍厦门。毕业于厦门大学中文系。连任4届厦门市人大常委会委员、侨台外事委员会主任，5届厦门市作家协会主席、文联副主席。现任福建省炎黄文化研究会副会长、中国散文诗学会副会长等。首届全国优秀新闻工作者、全国"侨界十佳"，国家级有突出贡献专家。已出版30部文学著作800多万字。并获国际、国家、部级以上各类文学奖100多种。

木麻黄未黄（散文）

◎ 林祥鹭

一

车辆沿着小山东一路行驶过海峡大桥，便正式进入到平潭主岛了。绿色密密地覆盖在石头岛上，避免露出黄色土地的贫瘠。一眼辨认出的乔木有黄金榕、南洋杉、银海枣等，灌木带可见海桐树，而地被植物辅以黄心梅、花叶鹅掌柴树等，乔、灌、草植物错落有致，总能给人带来小厦门的感慨。

孔雀草、鸡冠花、夏堇、凤尾，醉蝶花、三角梅，这些能被一眼记住的时花，骄傲且热烈地绽放，享受着万众瞩目的光彩。

这是2020年。

年轻人理所当然地认为，亲眼所见便是海岛所有。可是他们大约忽略了一个朴素的事实，在贫瘠的土地上最先扎根的，是木麻黄；承接所有赞美与目光的，也应该是木麻黄。

二

从前，我算不上喜欢木麻黄。在海岛裹着细沙的风中，总能嗅到它的味道。树干笔直，枝繁叶茂，外形却略带疲惫态，理不清的松垮的枝丫下，掉落着刺球状的果实，在山脚下，在山顶上，在海边柔软的沙堆里。但要为这样的情感赋予爱的定义，恐怕是很难的。

我曾羡慕海南有椰树，同样雪白无垠的海滩，流淌着浓烈的夏日风情；再看北方的白桦树，笔直挺拔，宛若军姿，留下一篇篇白桦礼赞；或者是银杏，叶子独特，桂花树，香气浓郁，如此细数，似乎有一百种的理由可以爱上除它以外的任何一种树，却唯独不会是木麻黄。

“福州市的市树是什么？”

“榕树。”

“那平潭的区树是什么？”

“木麻黄。”

孩童时深刻的问答，记忆犹新，与百年榕树、有福之城对比，木麻黄似乎逊色太多太多。每每听到人们说到木麻黄三个字，多少有点嘲笑的意味——因为平潭土壤贫瘠，孕育不出什么珍贵的树种，唯独木麻黄愿意并选择留下来，承担起几乎唯一的修饰海岛面貌的工作。

这倒像是英雄的一个无奈之举，一场树予岛的施舍。

三

如果你仔细观察平潭地图，不难发现，这座东南海岛多少有些独特：地处台湾海峡西北部，地形似麒麟。孤立无助的岚岛在大气环流和浩瀚海洋作用下形成了季风明显的海洋性气候，随之而来的是蒸发量大于降水量，风害突出，最后愈演愈烈，竟演变成了国内的强风区之一。

如此“恶名远播”，让它不仅成为历史中“流放”之地的首选，更是让后人寒了心。

天既定，人在自然面前脆弱得简直不堪一击。

孩童时听闻外婆唱起风沙灾害民谣：“平潭有三多：风多、沙多、石头多。锅里能有一斤米，锅下难烧一把柴。一夜台风飞沙石，千亩良田被淹埋。吃饭沙满碗，睡觉沙满床，秋冬沙拍面（打脸），暑天沙烫脚。君山脚下是芦洋，天灾人祸苦凄凉。三块茹干一碗汤，风沙糠等垫腹肠。狂风过处黄沙起，一夜沙埋十八村。风起千里沙，居民难安家。山上绿葱葱，沙滩林挡风。荒漠变良田，海岛成绿洲。干群一条心，荒沙变黄金。林网建立起，风沙寒了心。”

后世对于完整的歌谣逐渐记不全了，只是口口相传着一句“狂风过处黄沙起，一夜沙埋十八村”，如今想来，甚是后怕，究竟是怎样肆虐的风沙，一夜竟能掩埋18个村庄？那堪比沙尘暴的阵势，又是如何无情地结束了这群海岛居民生存的机会？那些留在睡梦里的灵魂，终究是被永远留在了昨天，留在了白纸黑字上。而旁观者心有余悸，长留这痛苦的记忆，以至于对后辈反复说起。

我总以为是海岛成就了木麻黄，后来才明白，是木麻黄造就了海岛。就像是一场深刻的误会，直至在历史中找到了答案。

20世纪50年代以前，平潭风沙灾害频繁，生境恶劣。中华人民共和国成立以后，平潭岛历届县委、县政府将造林绿化作为改变海岛生态环境和发展经济的首要任务，打造“生命林”和“保安林”却苦于找不到适宜滨海沙地生长的乔木树种。

几经周转，终于在广东省电白县（现电白区）和福建省东山县取得治沙经，木麻黄以贵客的身份被邀请到了平潭岛上。“踏破铁鞋无觅处，得来全不费工夫。”木麻黄的根系带有菌根菌，能固定空气中的氮素，供应树木生长需要，能够在连草都无法生长的沿海流动沙丘上生长，并改良土壤。

1967年，平潭在滨海地带共营造各类防风固沙林2489公顷，使绝大部分风沙地被固定下来，基本控制了风沙危害，使海岛生态环境出现了转折。

到1994年，平潭80%以上的林木得到更新换代和混交改造，形成了带、网、片、点布局和林种结构比较合理的防护林体系，风沙化土地和水土流失得到有效治理。

而我是1995年出生的，幸运地避开了海岛飞沙走石的生存困境，顺其自然地享受着前人奋斗得来的胜利果实。

三

我从记事起，认识的第一种树就是木麻黄。不是乡下的石榴树，或者是无花果树，而是走往幼儿园的路上，只要抬头就能在山头上看见的木麻黄；抑或是在白沙满地跑的海滩上，稀稀疏疏地排列着的木麻黄；这座岛上或许有风与沙入侵不了的地方，但是几乎没有木麻黄存活不了的土地。

冬日尤为明显。万物萧瑟的时节，它是海岛上唯一的绿色，在凛冽的海风中给海岛一丝盼望。它或许是一声不吭的呆木头，生长迅速，迎风而立，但是它从来没有变过。

21世纪初，海岛的路还未修整起来的时候，从城关到苏澳需要穿过中楼、芦洋、平原等地，黄土路的两侧种植着密密麻麻的木麻黄。木麻黄连接地面的一米处，被涂抹上白色的物质，等到夜幕降临的时候，摩托车的远光灯一照，远在远方的路便一目了然。

父亲在城关经营着一家店，晚上不值班的时候，便骑着不算崭新的摩托车从城关回到苏澳家中。整个行程大约一个小时，我坐在摩托车的后座上，双手紧紧抓着父亲上衣的两侧口袋，双腿轻微地在风中晃荡着。由于年纪尚小，我的双脚还不能完全踩到搁脚凳，又由于夜黑路远的缘故，时常迷糊地要睡着。

黑夜不留情面地压下来，压在海岛人的肩头上，压在了海岛的不远未来。整条路除了木麻黄和父亲摇晃的车灯，再无他物。我趴在父亲的肩膀上，然后为眼睛预留出一条缝隙，看着两侧的木麻黄飞速运动。丛林深处的更深处，是黑压压的木麻黄的影子。

“别睡哟——睡着了可是会掉下车去的！”父亲从后车镜里面观察着我的状态，同时加重了尾音。

我一听，弯缩的背瞬间挺直了许多。“没睡，没睡呢。”然后用勉强清醒的声音回应着父亲的检查。

活着需要清醒，在求生存的年代里，人和树一样，不得不牢牢守住安身立命的土地。两道种植整齐又略显凌乱的木麻黄，在后视镜里往后跑去，多年后我仍然印象深刻，像父亲被风吹动未经修剪的短发，也像他下巴位置生长迅速的胡楂。

风吹动着木麻黄，木麻黄规矩地立在黄土路两侧守护着回家的人。

有人留在岛上讨生活，也有人出岛打隧道。长大以后，听闻父亲打隧道的故事，脑海里总是想起木麻黄“耐瘠薄、耐盐碱、耐干旱，不怕海潮，不怕沙埋，生长迅速，迎风而立”。这座贫瘠的海岛，熬炼出顽强的生命力，在一群海岛居民的骨子里，也在木麻黄的血液里。

向海而生的平潭人，带着生命的一份韧性，不怕风，不怕雨，不怕浪，不怕苦，实实在在地创造了全国的隧道业绩，为了一个家，为着生存赌上了自己的一生，如那跨越千山万水最后为海岛完全献上的木麻黄。

四

没有人在意一棵树的寿命，除了它自己。

曾经怀着已知的期待将木麻黄种在了这片海岛上，却未知它什么时候会倒下。

后来得知，原来木麻黄的寿命只有七八十年。从它进驻海岛的那一刻算起，如今这一批沧桑的木麻黄几乎统一来到了生命的尽头。

想想人生，不知道又能走过几个古稀之年呢？

黄昏的时候，行走在坛南湾的海滩上。落日中，晚霞慷慨地赋予海岛浪漫的想象，为木麻黄披上最后金色的荣光，那一刻只觉得木麻黄树冠类似塔形，姿态优雅。为了这一座海岛，它毫无保留地献上了一生。从此远走的那个地方，成了它的故乡。

环岛路陆续引进了许多常青树种，也不断地尝试新的品种作为绿化使用。美丽异木棉，妖冶的刺桐，嫩黄的台湾栾树，还有棕榈树。今年夏天的雏菊和向日葵开得格外好，“乱花渐欲迷人眼”，可我一心只系木麻黄。

年少的时候，可能会有100种轻视木麻黄的理由，而今，只剩下1000种10000种钟爱着木麻黄的深情。“当时只道是寻常”，望着夕阳西下，接下来的平凡日子里，我将怀着无比敬畏的心为木麻黄祈祷——愿木麻黄未黄，生命不息。

林祥鹭，1995年生，福建平潭人。现为中国女摄影家协会会员，平潭作协副秘书长。曾赴台交流学习，散文《明日花开》收入台湾文选，《让爱走动》获第十二届青少年冰心文学奖金奖。

海山赋（辞赋）

◎ 吴金泰

海山者，平潭之俗称也。凭一口海山腔，彼此相亲；唤一声海山哥，倍觉温馨。海山鼠驶入渔家记忆，海山馆犹闻水师跫音。一方净土，万种风情，山海组构，入化出神！君不见，石帆锁千载狂澜，天神醉万顷涛声。湖称卅六开画境，井起吼涛似有灵。更见那黄金海岸嬉沙击水，乡寨石厝古朴犹新。驻足北港村，听石头唱歌；追逐蓝眼泪，笑玩客痴情。山苍苍，水泱泱，花灼灼，草青青，恍如神游天外，分明身置仙境。国家级景区诚非虚设，国际旅游岛令四海慕名！

维我海山，兼具山海禀赋、古今人文。荒丘下深埋万年史迹，瓦砾里犹藏几代文明！筚路蓝缕，且莫论先来后到；牵星过洋，谁企盼载史留名？数点渔火，几处草寮，讲不完牧马故事，道不尽远海传奇。词明戏唱出闽越遗韵，藤牌操诉说御侮精英。嗟乎，时光可穿越，焕彩在当今。综合实验，先行先试，蓝图重绘，集萃争雄。喜看“两窗”开启，“三区”联动，聚力兴岛，勒马朝天。更有双虹卧碧波，两岸走快轮，物流随人流并进，创业与创新双赢。千载良机催我奋起，风云际会舍我其谁。噫吁兮，涛声依旧，万象更新。拜山海之厚赐，谱惊世之华章，则宜居之区、智慧之岛、文明之城，当磅礴如日出，添风采无限矣！乃作歌曰：

维我海山兮，可歌可亲；耀珠千载兮，烁古烁今！

共圆好梦兮，矢志矢行；相约流觞兮，且醉且吟！

吴金泰，曾任平潭县文化局局长、县文联主席。福建省戏剧家协会、省民间文艺家协会、省诗词学会会员，多年来从事地方戏曲剧本创作，多次获得剧本创作奖，其中合作创作的历史故事剧《汉宫梦》与现代闽剧《中秋泪》分别作为优秀剧作（闽剧）的词条列入《福建省志·戏曲志》。

专辑·河山

请听那滔天声响

——严同春宅的前世今生（散文）

◎朱　蕊

上海延安中路高架上匝道下（茂名路和陕西路之间）有一栋宅邸，三层楼高，并不起眼。单位搬迁至这个宅邸也有一段时间了，曾有朋友来看我，结果从门前路过却不得其门而入。其实仔细看，不仅可以找到大门，还可以看到宅邸的门口有一块铭牌，上面用中英文写着："优秀历史建筑，延安中路816号，原为严同春宅。林瑞骥设计，砖混结构，1933年建造。受到装饰艺术派影响的现代式花园住宅，但装饰母题采用中国传统的建筑构件和纹饰图案。总平面为中国传统的两进四合院式布局，以连廊相连，71个房间都能连通。上海市人民政府1994年2月15日公布。"

严同春是谁，为什么他的宅邸能成为优秀历史建筑？过去了那么多年，这座宅子和其他许多东西一样，成了历史的陈迹余音。如果不是因为好奇，想了解宅子主人，谁会去打捞在历史长河里沉淀的过去？其实严同春不是人名，是商号名，这个商号代表的是沙船大王。沙船又是什么？和同事聊到严同春宅的原主人时，大家都说他是运沙的船老板，类似现在土方车老板，是搞建筑材料运输的。这大概是望"沙船"生义而致以讹传讹，直到我查看了资料。

一扇通往过去的大门突然打开了。

"万物互联"是现在互联网时代的词汇，而真正的互联可能并不仅仅指由网络连接的时间平行的世界。

有些连接，在看似完全无关的节点上，在某些时刻，突然串联起来，竟然所有事物都能找到与另一事物接触的结点。有时觉得世界好大，无穷无尽，有时又觉得世界很小，比如朋友的朋友的朋友恰巧是以前的同学或者邻居或者亲戚，再大的世界，再长的历史，再熙攘的人群……有时因缘际会，奔涌而来，似乎要昭示什么。

高桥我是经常去的，但一直不知那里有一块古碑。有次又去，主人带领我们到高桥中学参观一块石碑。当时，我其实心不在焉，石碑见得多了，如果不是对石碑产生的那段历史十分了解的话，是引不起兴趣的，至多是所谓的外行看热闹般看看而已。石碑在亭子正中，字体斑驳，并不能完全辨认字迹，石碑外有玻璃罩子保护，反光，更看不太清晰。一圈人围住石碑，试图看出什么名堂来。亭子建在一个小山坡上，得上好多级台阶，周围有可坐的围栏。

在小山坡上东张西望，似乎也见不到特别的景观。但看得出来主人很想告诉我们这里曾经的显要。他指着远处说，从前站在这里就能瞭望到大海。因为高桥的地理位置处于长江、黄浦江和黄海的三水交汇处，所以原来石碑和大海有关。再去看石碑，就有点沧海桑田。石碑叫永乐古碑，即是宝山烽堠碑，是明朝永乐十年（1412年）五月初九，由明成祖朱棣所立，古碑上方正中有“御制”字样，双龙左盘右旋。

但几百年间，地形地貌变化之大，现在和过往完全不可相认，小山坡和大海之间，不知隔了多少高楼大厦，事实上，站在这里不可能看得到海。因此当主人滔滔不绝时，我并没有想到这座石碑会和我们有什么关系，它很遥远，远到只能证明我们的历史有多悠久。

但是，我的这种漫不经心只能说明在古碑前的我有多么无知。或者，有很多和我一样无知的人，并不了解自己赖以生存的城市历史。一旦了解，就能发现这块古碑和我们这座城市的存在、发展、繁荣从数百年前开始就一直连接着。

严同春宅的主人所从事的沙船业，和高桥的那块永乐石碑也关系大焉。

《解放日报》1956年8月4日登载过一篇署名贵芳的名为《宝山、沙船和商船会馆——记明清两代上海海运业的盛况》的文章，写到高桥中学内的这块石碑。

《解放日报》当时在汉口路309号的原《申报》大厦办公，那时谁能想到，60年后，会搬到沙船大王的旧宅邸去呢？这种兜兜转转，不花点时间还真理不清其中所隐藏的历史因果。

我们来看看1956年《解放日报》刊登的这篇文章怎么说："随着元代上海棉纺织业的兴起，以载运棉布和粮食为主的船舶运输业也随着发展起来。在今天高桥中学的校园内，我们还可以看到一块明代永乐朝奠立的精致石碑。碑记告诉我们，早在540多年前的高桥地方，曾用人口筑成过一座方圆百丈高30多丈的土山。山上有一座烽堠，日夜燃烧着烟火，使北方和边运各省到上海来贩货的巨大船舶，能够把烟火当作航行的指标，安全地驶进黄浦河道。可以看出，上海港商船进出，在明初已经十分频繁。由于这座土山所起的巨大经济作用，当地人民把它称为宝山。现在宝山早已倾圮了，而宝山的名称却作为上海北境的县名沿用下来……"

1956年离明朝永乐年间有540多年，现在又过去了60多年，离明朝永乐年有600多年了，600多年的时光就这样刹那而过，看似无声无息，而其中却有着无数令人着迷的细节，渗入到今天生活的现实中，如果我们不明白历史的来龙，也就无法知晓未来的去脉……

沙船既然不是用来运沙子的，那么沙船究竟是什么船？

这些船远比我想象中更为重要，它们对于上海的经济发展、对于严同春宅的建造有着决定性的作用。关于这一点，翻看上海早期沙船航运的历史资料便可知晓。

在查阅资料时，我被那些资料所打动，原以为枯燥乏味的记载，却意外充满生命活力。文字所呈现的内容、行文方式，都黏着着年代感和历史感，比转述、重写精彩得多，还有什么是比“原本”“真实”更有力量的呢？兰克说“写历史一如它所发生的”，如果能够尽可能地返还到历史场景中去，那么，我们对于历史的理解是否会多一些感同身受的认知？因此，我做了一个决定，在本文的行文中，如果历史本身能说明问题，就用记载来原汁原味地来叙述故事。我并不想越俎代庖、画蛇添足。

看看历史是怎么说的吧。

还是1956年的这篇文章中写道：“18世纪至19世纪初（清代乾隆、嘉庆朝），便于商船起卸货物的上海城东浦沿浦一带，成为上海港的繁华中心。成立最早、规模最大的商船会馆和以后成立的泉漳会馆、潮州会馆、浙宁公所都因为是航海业的缘故而崇奉天后。而在南宋时就建立的天后宫，就坐落在小东门外，酬神演剧，灯市赛会，几乎无日不有。‘一城烟火半东南，粉壁红楼树色参。美酒羹殽常夜五，荤灯歌舞最春三。’这就是当时人施润为描写上海繁华情景而写的诗句……今天我们如果到蓬莱区各会馆集中的所在去观光一下的话，看到那些供奉天后的大殿、集会大厅、戏台、看楼和精美宏伟的装饰建筑，还不难想象到明清两代上海海运业的盛况。”

文章的这一部分说明了清朝中期时上海的航运业到了最鼎盛的时期，航运使上海的经济开始发展。

从严同春宅出发，回溯前史，确实必须追溯到中国的海运发展史。在很长一段时间里，水上航行的交通、运输工具，是以风力作为能源的木造帆船。木造帆船较其他各类陆上运输工具比如马车而言，体量更大，能够实现大宗货物的运送，另外，帆船作为交通工具来说还有成本低廉的优势。帆船制成以后，动力可以不费钱，只要有风，船借风势，就能乘风远航。从唐代以后至20世纪初，木造帆船一直活跃在沿海人们的生活中。

明朝有过海禁时代，清朝解除海禁。1683年，施琅领清军攻克澎湖，郑克塽降清，台湾正式纳入大清帝国版图，隶属福建省，设台湾府，台湾归顺清朝统治。这时，沿海地区的民众被允许下海，他们多乘用木制帆船出海。在当时运用于贸易活动的船型中，具有代表性的是沙船和鸟船。其中鸟船发明于明朝后期，是尖底型帆船，航速较沙船快。鸟船船底有龙骨，船体断面呈V字形，鸟船的船体特征决定了它擅长在深水里航行，所以在华南沿海以及海外东南亚地区，鸟船表现活跃。

而沙船是平底型帆船，吃水较浅。

清朝时上海只是一个县城，归松江府管辖〔元至元二十七年（1290年），华亭县东北部分乡分出，新设上海县，一般以1291年作为上海正式设立行政建制的年份。1927年，设立上海特别市〕。行政区划历朝多有变动，但基本的位置应是可以寻踪的。总之，在江河湖海遍布的江南地区，船只运输当为这一地区重要的交通手段和经济手段。

而平底的沙船正是严同春宅主人通向事业成功之路的台阶。

关于沙船为什么叫沙船，而不直接叫“平底帆船”或者其他什么名字，考据后发现其实还挺有意思。《龙江船厂志》中写道：“三沙在崇明界，浮居海中。其人以鱼盐为稼穑，以舟楫为舆马。虽惊涛怒波，震荡掀揭，彼方出没其间，扬眉鼓气，挟其所长而用之。故时入江洋为盗，巡船而曰沙者，岂非仿其制度。”崇明岛四周为水，岛民以渔业和盐业为生，行舟如车马，所以，船舶是他们必需的交通工具，沿海各沙洲的居民家中都拥有船只，他们在长江和近海航行，作鱼盐交易。崇明沙的民众为适应长江和近海海域的航行而发明的平底船舶被称为沙船。

关于崇明沙船的称呼，还有一种说法：1930年刊行的《上海小志》中说：“沙船，本邑当商埠未辟之前，因地理上之关系，居民操航业者甚多，邑中富户多半由此起家者。其船多曰沙船，以其形似鲨鱼也。”是的，本文的主角严同春宅，现今成为优秀历史建筑的它，曾经的主人作为“富户”，也是由此起家的。

现在应该看到，关于沙船的称呼，一则以“崇明沙”为“沙船”，另一则是因为它长得像“鲨鱼”。

清朝时的沪城八景之一，是“凤楼远眺”，景观是十六铺东小门外的帆影重重，桅樯林立。清乾隆四十九年（1784年）的《上海县志》中有对于上海黄浦江岸边帆船航运盛况的记载：“自海关设立，凡远物贸迁，皆由吴淞口进，泊黄浦城东门外，舳舻相衔，帆樯比栉。”

那时江南的商船，从位于长江口的上海出发北上，驶往山东、天津、东北沿海等地。元代开始利用海运从江南往京师运送税粮航程时间也就10天左右。有大运河连接南北，再加上海运航线，水上运输在明清时代开始发达，除了漕运税粮以外，商贸也随之兴起。

明末时沙船航运业者的生活状况已经很好。姚廷遴的《历年记》崇祯十二年（1639年）十月二十六日记载：“殷系崇明籍，侨居海上已三代矣，业有沙船几只，开贩柴行生理，家甚厚。”清末王韬在《瀛壖杂志》中写道：“沪之巨商不以积粟为富，最豪者一家有海舶大小数十艘，驶至关东，运贩油、酒、豆饼等货，每岁往返三四次。”看来，沿海贸易让上海的一部分海运从业者成为富裕阶层。

而严同春宅主人，在这一群体中占据了什么位置呢？

严同春是严应钧的商号，在《上海县志·人物》中有严应钧的记载：“严应钧字秉国，号殿卿，先世白刘河，徙上海，遂占邑籍。祖正邦，少习油麻业，既而白设肆，晚乃营沙船业，卒时年八十。父凤岐，号义棠，幼时习贾吴门，动止异常儿，肆主信任之，及正邦设肆沪上，招之归，肆主如失左右手，内行诚挚，与其弟恪守家业，出入渤海辽沈间，皆守义重信，为众商所推重。其经商一轨于正义所不可，虽逆亿可获巨万不为也。船号而外，曾合股开设钱肆。”

严应钧的祖上严正邦以油、麻为业，最早是开店的，到晚年才转入沙船行业。推测是因为严正邦开的是卖油、麻的店，需要豆子榨油来卖；因为必须买豆，后来发现自己去产地买豆子更便宜，于是自家用船去产地运输，他家是为了运输豆子而加入沙船运输行业。

严应钧的父亲严凤岐为人正派，小时候到吴门学生意，深得老板信任，像老板的左膀右臂。到严正邦从刘河迁到上海开油、麻店时，需要严凤岐回来帮忙，回来后严凤岐能恪守家业，也为大家所推重。严凤岐是守业的一代，也是创业的一代，当他发现有些沙船短缺资金，而开钱庄可能获利时，从他这一代起，开设了钱肆。

《清代日记汇抄》中有沈宝禾的《忍默恕退之斋日记》，记载了清咸丰五年（1855年）在上海的有代表性的从事沙船航运业者的名单和他们的居住地。沈宝禾列出了24家沙船航运业者，严同春沙船号排第17位，居住王家码头。咸丰八年（1858年）两江总督何桂清和江苏巡抚赵德辙的奏折中还上报了上海的船商捐款给清政府的军队白银39630两，说明其时上海船商经济实力的雄厚。

到严应钧的时候已是严家第三代，那时沙船业风生水起，凡沙船进出港口，报纸都要报道。如：《中外日报》1899年12月6日《本埠新闻·南市》中写道："沙船又到南市……同春号之谢同泰……各沙船由牛庄来……各货均获利颇丰之。"严同春获利丰厚也被记录报道。

……

严同春商号的船进出港不断被报道着。

《中外日报》1902年4月19日，《本埠新闻·南市》报道："会议装粮　谕停验米一则，已纪初十日本报，兹闻大吏，以沪江沙船承装粮米立案，遵行已久……昨日，陈董片邀南市久大、慎祥元、严同春等各商号会议装粮事宜……"从这则报道中可见严同春还参与漕粮运输，这正是严同春沙船号春风得意时。

清朝后期，由于欧美的蒸汽船等船舶大量进入中国沿海海域，使长江口岸的以上海为基地承担沿海航运业的沙船航运业遭受了巨大的打击。在李鸿章的奏折中也有沙船的报告：“今年沙、宁船生意，为洋船所夺，实形苦累。”他曾请求为拯救上海沙船经营而免除关税，有《海运回空沙船请免北税折》。

沙船的没落不仅涉及商船海运业的生死存亡，还涉及江海关的上海税口关税收入的减少。那时，报纸上登载的沙船业者破产的消息也日益增多：“在百年多的时间里，作为沙船船主长期经营事业的古老的巨盛亨商会于上周二宣告破产……破产完全是由进入中国水域和沿海的经营恶化造成的……”

当时沙船航运业的运作，资金上是依靠钱庄支持的。沙船购进货物需要资金，钱庄出借资金给沙船，等货物运输到达目的地完成交易，赚到钱再买货物装运回来，到达以后，再卖出货物，赚到利润，用所得收益还钱庄欠款和利息。在沙船航运兴盛的时候，对于资金的需求非常旺盛，钱庄也能在这种需求中获利。当时“上海沙船有3000余号”当属实不虚。资本大的商号去满足这种需求，开设钱庄，成为更大的获利者。而在沙船业没落之时，大多数沙船经营者没有逃脱失败的命运，但也有成功转型的沙船业主，逃脱了历史浪潮的一次翻卷。譬如严同春号，因为经营钱庄而获得了一次新的机会。

当时一些资本实力雄厚的沙船商号都开钱庄，譬如，排名第一的王永盛，排名第二的郁森盛和排名十三的经正记也都是钱庄的牌号，郁森盛在咸丰六年（1856年）发行的银币，是清末在上海发行的最早的银币。

可以发现，清代中后期上海经济的发展，和沙船航运有着巨大的关系。而和沙船航运业关系密切的则是钱庄。上海的钱庄创始于乾隆年间，位于上海市黄浦区南市内园的“钱庄承办祭各庄名单碑”中，记载了乾隆四十一年（1776年）举办“承办祭”商号的名单。“以余所见上海之有钱庄业，必与沙船业及豆米业有密切之关系……上海之有沙船业，而后有豆米业……盖因豆米业之发展，北货业随之而开张，款项之进出浩大，金融之调度频繁，钱庄业顺其自然，得有创业成功之机会。”

前面说到，严应钧是严同春号的第三代，其实，在严应钧父亲严凤岐这辈已经开始经营钱庄业，当时叫“钱肆”，严应钧承袭家业，也经营沙船和钱庄业，到严应钧的儿子严味莲时沙船业业已没落，他在父辈的家业基础上于1912年开设了致祥钱庄。

“致祥钱庄在南市豆市街吉祥弄，为此人的个人经营，在汇划组合钱庄中属于规模大者，开业时的资本金为一万两，储蓄金为三万两，其后增资三万两，民国二十二年废两改元之际增资为十万元，现在资本金十万元，虽然与其他钱庄相比资本额较小，但由于本人自身的资产以及信用，营业范围涉及面很广。民国二十二年以后，虽说普遍不景气而收缩交易，但致祥仍贷出三四百万元，在组合钱庄中属于中流以上的交易额。尤其是，主要交易对象的杂谷肥料商，因此于民国二十三四年度经营仍游刃有余，据说民国二十四年度的纯利润达二万元。”

严味莲同时还投资药材生意，是志丰药行的股东。1936年，《中华全国中日实业家兴信录》载：“志丰药行在南市咸瓜街，专门制造贩卖国药，开业三十余年，是相当有名的老铺。有数种专门店，拓展销售网至全国。该药行原来由本人（严味莲）个人经营，数年前，长期员工加入股东行列，现为资本六万元的合资组织。经理为本人的长男严载如。”其中还记有严家家系：严味莲“有二子，长男严载如经理上述志丰药行，次男严熙如在家辅助父亲事业。本人在上海作为资本家而知名，多有土地以及住宅不动产，其产业在南市王家嘴角、荷花池方面、共同租界内宁波路、福熙路、敏体路等地，据说在地价高腾之时，资产估价有一千万元”。

这里提到了福熙路的房产，福熙路也就是现在的延安中路，此处房产就是现在门口挂着“优秀历史建筑”的“严同春宅”。这是1936年的记录，

1933年宅子才建成。

严味莲时严家还是开着钱庄，而到他儿子严载如时，严家已经将钱庄改建成银行，当时严载如是志丰银行经理。“……贷款中最多的是与生丝有关业务，向来警戒业务固定化，故在丝业不振中仍未受很大影响……二十四年春钱庄危机之际亦得安然度过，是未被淘汰的五十五家之一，是经营坚实之钱庄……民国二十四年钱庄危机之际，二流钱庄处境十分困难，几乎全部倒闭……”可见在又一次危机之时，严家又一次完美转型，从钱庄业而与时俱进进入到银行业。

从严正邦的油麻店和沙船业、严凤岐的沙船业和钱庄、严应钧沙船业和钱庄、严味莲钱庄和药材行到严载如和严熙如的药材行、钱庄和银行，也就是五代人的时间，他们在不断调整经营方向，一直严格管控风险，然而……后来又有浪潮翻卷而来。

原福熙路，现延安中路816号严同春宅的昔日主人，叫严载如，上海人。据《上海观察》2015年12月18日文：“1956年公私合营之际，严载如将此宅交由房管部门接管。”

严载如生于1897年，卒于1992年，名昌堉，斋名渊雷室、三佩簃，号二民居士，是民国时期著名的诗人、画家、学者、商人、收藏家。鸣社社员，和曹元弼、封章烜、施蛰存、陆维钊、郑逸梅等交好。也精于书法，擅长绘画，并富收藏。如藏董其昌书法50多件，有吴昌硕为书引首，张大千画董其昌像，吴湖帆加以题识者。还著有《写忧剩稿》《海藻》《宣南游草》《云间两征君集》等。严家到了严载如时也已从银行家转向书画家、书画收藏家和诗家，于实业不再具有雄心，也或许是时代不再需要实业家了。

在延安中路816号门口的“优秀历史建筑”铭牌上标明着此宅为1933年建造。1933年到1956年上交房管部门，严家真正拥有此处住宅，也就只有短短的23年，而这23年却经历了风起云涌、翻天覆地之时代巨变。

严同春宅的设计师林瑞骥，毕业于交通大学土木工程系，是中国第一代本土设计师。曾经看到过一则资料，1996 年上海外滩中山东一路的高楼，因为要实施外滩金融街计划，房屋开始置换，中山东一路 4 号，上海建筑设计研究院也须按期搬出，建筑设计院搬家，处理掉许多“无用”的图纸、资料，有人曾得到一包设计院扔掉的“废品”，其内容是设计师亲手填写的信息，还有本人照片。这些资料里就有林瑞骥填写的卡片。当时填写的是：“林瑞骥，54 岁，交通大学土木工程系……自设建筑事务所，南洋建筑公司工程师。”另一份资料里填“林瑞骥，青年协会建筑部工程师”。1953 年第一个五年计划，许多私营建筑师、土木工程师事务所的业主和从业人员纷纷参加公有制单位工作。1949 年后，上海市人民政府公务局设建筑管理处负责全市建筑项目的审核发照工作，并对建筑师、土木工程师实行审查登记管理。登记卡就是当时的登记信息。而根据那时的政策，1954 年开业的建筑师全部公私合营，而开业建筑师、土木工程师事务所最后一批公私合营是 1956 年。登记卡上还有注销信息：“林瑞骥，1951 年 2 月 22 日颁证，林瑞骥建筑师事务所在圆明园路 133 号 4 楼 409-411 室，1954 年 6 月 16 日注销，去当上工建设公司资方。”从登记卡看，当时林瑞骥的资质是甲级，仅有的 15 个甲级之一，而其他甲级的设计师大多有留洋背景，即使没留洋，也是有“洋”背景的圣约翰毕业的。

本土大学毕业的林瑞骥设计师在设计严同春宅的时候应该还很年轻，他设计的严同春宅的风格是中西合璧式的：立面受建筑装饰艺术派风格的影响较大，但是又有自己的个性，水泥梁柱间的雀替（牛腿）仿中式木雕；女儿墙柱端仿云纹圆柱；木桶扇门上玻璃框格和裙板的中式图案精美……整个建筑形式是中式的四合院形式。平面中间布置厅堂，两侧为厢房，但是使用功能、材料和室内设备都西式化。

严同春宅的底层沿马路设门房和接待室，大天井两侧厢房为会客室，穿过大天井是客厅，因客厅面积过大，分隔呈前客厅和后客厅，两侧是餐厅、次客厅和书房。西侧辅楼设会客、账房和炉子间、汽车间，采用弄堂与主楼分隔。楼层均为起居室、卧室。这是“四世同堂”的大住宅，共有71个房间，通过连廊可以贯通。

建筑外观方整，机红砖清水墙在窗肚处拼砌席纹花饰，主楼的窗肚处和整个建筑女儿墙饰中国传统建筑的栏杆图案，机梁枋上是宫殿花饰图案。

有评价说，该宅是在西方建筑思潮影响下，建筑师迎合业主而设计的中西合璧形式的建筑，是具有浓厚的中国封建意识大家庭受到西方文化冲击后异化的产物，有研究和保存的价值。这段评语，在了解严载如后也是能够理解的，在他那个时代，他虽然深受中国传统文化的影响，但也毕竟是能够感受西风东渐的具有敏感领悟力的商界精英，这个建筑也正是他对于住宅文化理解的体现。

严同春宅门口铭牌说是二进的四合院式，其实原先是三进的，靠福熙路的一边先是一进二层的房子，连一个院子，然后才是三层的第二进房子，连一个更大的院子，院子里有曲桥池水，有花木凉亭，再里面才是第三进房子。

20世纪90年代初，延安路建高架桥，拆了路边的第一进房子和小园子，仅留里面的二进房子和大院子。

1956年严同春宅交给房管部门接管后是何种情形未能查到资料，不过有很长一段时间此宅被作为上海市仪表工业局办公场所使用。2002年左右，上海文新报业集团从仪电控股集团手中买下了文新大楼旁的严同春宅产权，文汇出版社曾经将此处作为办公场所。但后来此宅荒芜日久。

2007年，严同春宅曾经入市，当时估价约2.5亿人民币。那时的卖房网站这样介绍：“老宅占地3692平米……共有71个房间，有卫生盥洗室 14 间……东侧有一草坪，植有花木，筑有水池、曲桥、凉亭，是相当完整的中式花园住宅……”

2013 年 10 月 28 日由解放日报报业集团和文汇新民联合报业集团整合重组的上海报业集团成立。随着报业发展的需要，严同春宅在抛荒十多年后，迎来了新的时期。2015 年始，上海报业集团始对此宅进行修缮、改造、装修。

上海报业集团参与改造装修的高先生提供了民国时严宅及周边地图和改造前的照片，地图能反映严宅建造时的环境，也能依稀勾起一些对于过去上海这一地段的回忆；照片更直观，地下室入口墙面剥落，阶梯上布满青苔、尘土，但还是能据此想象几十年前的大宅气派，地下室都如此巨大，是用来做什么的？所有的资料都没有介绍。哦，看到房地产信息上说，有个地下室，可以改建成车库。高先生说，地下室上面是小土坡，长满了野草。后来，地下室被改造成了报社电脑排版房。

为了保护“优秀历史建筑”，必须体现严同春宅原本的风采，上海报业集团请了 7 家设计单位做改建方案，在 7 家中选出最合适的——修旧如旧，但也旧中有新。

照片上能够看到，即使没有改建装修前，这个宅子也还漂亮得像舞台的布景，空荡荡的，只有植物疯长，植物爬满了可以爬的外墙以及可以生长的空地，欣欣、郁郁、葱葱、苍苍、蔓蔓……然后是光、是影，是一大片一大片的时间，是颓败，是一种被弃置的考究。

而现在，它又光亮如新，却不具沧桑。

世上事难两全，新生，毕竟美好。现在严同春宅除了中西合璧，更增加了现代的元素——进门是大堂，也是咖啡吧，有专人制作咖啡，咖啡味道一点不比星巴克差；又是书吧，一面书墙直入“云端”，一架三角钢琴居中摆放，似乎随时会响起琴声。中西新旧，在同一个时空中，令人心生感慨。

解放日报社进行了几次搬迁，从老《申报》大楼搬到汉口路300号外形似笔的报业大厦，又搬到莘庄解放日报新报业大厦。这次搬迁，有几位先辈也一起来到严同春宅，他们是史量才、邵飘萍、戈公振、邹韬奋，1949年主持上海《解放日报》创刊并担任社长兼总编辑的范长江，1949年底任上海《解放日报》社长兼总编辑的恽逸群。他们的塑像在严同春宅绿草茵茵、树影婆娑的院子里卓立。

他们和严载如是同时代人，都经历了清末、民国，然后进入新的时代，那短短的几十年，却慷慨激越。经营《申报》的史量才，说不定他的报纸还报道过严同春号的经营。不知他们中有谁和严载如有过交集？在一个风云变幻的大时代中，每一个时代中人都有自己的命运。无论如何，这些报界先辈现在来到了严同春宅，成为严同春宅“今生”的一部分。

院子里还有一架叫“压版机”的废弃机器装置，这是现代感的一部分。说明如下：“产地，德国；功能，压制纸型；年代，20世纪70至90年代。20世纪70至90年代，解放日报的批量生产工艺为铅版印刷。一张报纸在编辑编排完版面后，要经历压制纸型——熔制铅板——滚筒印刷这三道工艺，才能成为读者手中的报纸。这台产于德国的压版机的作用便是将专用多层纸覆于铅字版面，用高温高压压制成制作报纸的母版，称为‘纸型’。”离它不远的地方，有一个红色的“上海观察”LOGO。

现在的严同春宅，已经充满了一种新的气息。

当文章接近尾声时，正好是《解放日报》71周年庆。在严同春宅展出了71年来解放日报社记者的99个站位，这99幅摄影作品，提供了一个上海历史展台：“这里展现的是1949年上海获得新生以来的99个瞬间，均来自解放日报社记者曾经站立过的历史现场……”难得的是，1956年的上海俯瞰图也在严同春宅展出。

1956年，《解放日报》刊登了关于沙船历史的研究文章。

1956年，严载如将严同春宅交由房管部门接管。

1956年前，严同春宅的设计者林瑞骥注销了个体设计事务所。

1956年，《解放日报》刊登了一张记者所摄的当年上海俯瞰图。

……

巴菲特说，如果你坚持足够长的时间，会看到市场上的一切。但其实还可以有另一种看的方式，那就是从历史中去看——在没有机会完全靠经历的时候。

钱穆说，讲历史，便可叫人不武断。因事情太复杂，利弊得失，历久始见，都摆开在历史上。现在，因为一所宅子，我们也探寻了一段历史，摆开了看，我们看到上海的缘起和发展，这所宅子也起到了一个穿针引线的作用，成为一部历史的缩影。没想到，并不能算是最宏伟建筑的严同春宅，却连接了一部城市史，如果不去翻阅，它就无声地隐入历史深处，连每天进出严同春宅的报业工作者都不能听到那波澜壮阔的滔天声响。

沙船——上海市徽上的帆船图案即为沙船。而以前很多人却并不了解沙船。"沙船和螺旋桨作为主题元素被纳入上海市徽中，正是基于航海与上海这座城市深厚的历史渊源。"1990年上海市人民政府发布了上海市徽图案，对图案的解读这么说。市徽由三个部分组成，沙船、白玉兰花和螺旋桨。

其实早在民国时期，上海也有市徽。那时候上海市徽是由沙船和棉花组成，上海曾经"衣被天下"。

沙船是上海的源头，上海从海上运输而来。

现在想，怪不得那个什么也看不见的小山坡如此令当地人自豪，其实，从那里开始连接了久远——过去或者未来。

万物互联。

朱蕊，上海《解放日报》高级编辑。中国作家协会会员，中国散文学会会员，中国世界华文文学学会理事、专委会副主任；上海作家协会理事、散文报告文学专委会副主任；中国写作学会杂文专委会常委、创作专委会副主任。出版散文集多部。作品入选数十种散文选。连续多年入选中国散文年度精选。获国家及省级以上奖项共30多项。

江南水乡最撩人（散文）

◎赵　畅

有人说，江南天生就是一幅巨大的中国水墨画。是的，这是因为江南水乡泽国的禀赋让其水墨淋漓，令其妙趣横生，以至时时都浸润着文化的韵致，处处都呈现着历史的质感，事事都洋溢着审美的精魂。

打开这幅中国画的画轴，走进画的意境里，那一排排粉墙黛瓦的老屋，一棵棵随风裁剪的翠柳，一座座守候千年的堤桥，诱惑并引领我去追寻、感触久藏于心的江南梦境……

“广陵”听琴声

江南的水，柔情时浅水淙淙，坚硬时深水幽幽。说到底，江南的水，也是有着鲜明个性的，它既有柔性、温和、优雅的一面，但更有刚强、韧劲与执着的一面——这般情感因子、精神元素，如切如磋，如琢如磨，间或也渗透于人的血管、蛰伏于人的脾性、熔融于人的脊梁，终让我们或敬畏之，或感佩之，或扼腕之。

有一天，我慕名走进了上虞一个叫广陵的小村。而正当为难觅嵇康踪迹发愁之时，竟然隐隐约约地听到了从一户农家小院飘逸而出的《广陵散》曲。

一段尘封的历史，竟在一个偶然的时节被悄然打开，我心跳骤然加速。

倾听这天籁之音，透过音乐的质地，仿佛打量到嵇康那双弹琴的手。那不乏坚韧的手指，以刀的削刮之势在弦上行走，一挖一刮之间，音的灵魂怦然铿响，分明透出历史的影子。于是，我穿越千年的烟霭，去勾起跨越时空的那份凄美，去体味嵇康的悲哀、怨恨和痛惜。是啊，嵇康那份凄清哀愁、那份壮怀激烈在中国特有的伴着寒冻晦涩的风里竟流动了千年，带着些美丽的隽永的韵味在中国人的心里流动了千年。

嵇康，字叔夜，生于三国魏黄初五年（224 年），谯国铚县（今安徽宿州）人。因祖籍会稽上虞，住东关广陵村。史载嵇康“早孤，有奇才，远迈不群。身长七尺八寸，美词气，有风仪，而土木形骸不自藻饰”，“长好老庄”，“常修养性服食之事，弹琴咏诗，自足于怀”。人以群分，物以类聚，在“摆脱约束、回归自然、享受悠闲”，研玄学、议政论的旗号下，随着领军人物嵇康振臂一呼，“竹林七贤”便呼之而出。他们谈天，如长江流水滔滔不绝；说地，如黄河泛滥一发不可收拾。无酒不成诗，村夫农妇见之，以为天人下凡。

嵇康及其六贤，信老庄，尤崇庄子。他们与竹林物化真趣的景象，用庄子化蝶的故事来比喻，似最恰当不过的了。而这便是人们常说的魏晋风度、正始之音，说白了，亦即将审美活动融入生命全过程，忧乐两忘，随遇而适，放浪形骸，在本体的自在中安顿一个逍遥人生。

嵇康，其时作为一个有着特殊身份的人物，既与曹室姻亲，又是仕族领袖，自是成为司马氏集团征辟、拉拢、怀疑、监视的对象。本来说，嵇康只需“忧乐两忘，随遇而适”就算了，可扎根在其思想底层的儒家传统不免隐隐作怪，社会责任感与道德感不时揪着他的心。于是在外在的旷达狂放与其内在儒家思想发生激烈交锋之时，其人格的裂变必然导致其人生命运的惨烈。

无须赘述什么，只要窥其些许言行，便可推测其命运的必然走向……

史书记载，在洛阳城外和会稽广陵时，嵇康都开过铁匠铺子。每天一大早，他就在大树下打铁。手中的铁锤，击向火红的砧上，火花四溅，叮当叮当的节奏，响彻了邻近的村庄，使其余的世界，包括那个时代的寒冷时间，皆显得寂静无声。《晋书》上说，嵇康“性绝巧而好锻”。其时，嵇康给乡邻打铁是不收钱的。一顿随意的酒肴就好了——然后，他又回到他的叮当叮当的节奏中去。打铁，或许是嵇康的另一种弹琴方式，音符是自由的，不固定的，如砧上火花的随意飞溅，但有着某种稳定而清晰的节奏。其实，在嵇康打铁的诗意中，奇妙地隐含着一曲《广陵散》。

打铁既然是为了图个快活，那么，他的铁匠铺子该是不想让人知道的。“团人”向秀深知他的脾性，所以每每来铺子打铁，总是悄悄而来，只顾埋头拉风箱。嵇康打铁，那借助于劳作，将生命与土地连接为一体的诗意象征，是多么健康而自然。当然，人们并非一开始就听懂了叮当叮当的节奏，或许至今仍没有听透。嵇康如此迷恋并不洒脱，亦不高贵的铁匠生活，更多怕只是一种象征姿态，以显乱世的卓尔不群。其实，这何以不符合他特立独行的叛逆气质？

有道是，广陵，并非难觅之地。嵇康在此，岂能不被人找到？某一天，当朝宠信的贵公子钟会，“乘肥衣轻，宾从如云”，突然来到铺子前。钟会自是博学多才之人，先前曾将《才性四本》文稿塞于嵇宅门缝而求教于他，约是学术以及更多政治上的分歧，嵇康竟置之不理。而今地位变了，又带着当年的积怨，之于嵇康，是祸是福甚是难料。然而，嵇康的所作所为，到底令在场的人们为其捏一把汗。不是吗？嵇康顾自锻炼，不交一言。待钟离去，则问：“何所闻而来，何所见而去？”年少时就“浮华交会”的钟会，原以为自己的玄学思想能和面前的思想领袖发生共鸣，却万万没有想到会受到如此嘲讽，自然心怀嫉恨。于是答曰：“闻所闻而来，见所见而去！”钟会是走了，嵇康这刚肠嫉恶，不与世俗合流的禀性，却让自己再也无缘生命中的宁静，而从此走向了衰败。他的这番对话实在是违背自己“越名教而任自然”的政治观了。

性格决定命运，嵇康的不幸怕是一种必然。当好友、魏晋名士山涛举荐代官时，他似乎再也按捺不住心中的怒火，不再顾及朋友的面子，愤然写下了《与山巨源绝交书》，其愤慨的程度，其口无遮拦的嬉笑怒骂，从片言只语中即可窥其全豹："也许你这个厨师不好意思一个人屠宰下去了，想拉一个祭师做垫背吧……你如果来勉强我，则非把我推入沟壑不可……您如果想叫我与你共登仕途，其实是在逼我发疯……"不啻于此，信中嵇康"每非汤武而薄周孔"，并且揭穿"礼"的虚伪，"法"的荒唐，完全公开了与司马氏利益集团之间不可调和的矛盾。

令嵇康进一步走向深渊的，则是"吕安"之案。事情的原委是：嵇康的另两个好朋友，是兄弟俩。哥哥吕巽，弟弟吕安。吕巽奸污吕安妻，反诬告吕安虐待母亲，不孝顺。吕安引嵇康为见证，嵇义不负心，愤然而起，既出庭作证，又挥笔作《与吕长悌绝交书》。信写得极为悲愤，一边怒斥吕巽诬陷无辜、包藏祸心；一边后悔自己以前一直劝吕安忍让，觉得自己太对不起吕安了。

让嵇康始料未及的是，前后两封绝交信，都先后落到了小人钟会手里。为此，钟会在司马昭面前力谮嵇康："嵇康，卧龙也，千万不能让他飞起来，陛下统治天下已经没有什么可担忧的了，但我只想提醒陛下有必要提防嵇康这样傲世的名士。陛下知道他为什么给山涛写那样一封绝交信吗？据小人所知，他是想帮助他人谋反，而山涛反对未能成功，他便恼羞成怒与山涛绝交。陛下知否，过去姜太公、孔夫子不是也诛杀过那些危害时尚、扰乱礼教的所谓名人吗，现在嵇康、吕安这些人言论诡谲、举止异常，又诽谤圣人经典，这样的人，任何统治天下的君主都是容不了的，陛下如果太仁慈，不除掉嵇康，可能无以醇正风俗、清洁王道。"原本就只是一般的私信，起初，司马昭也不当回事，在他看来，一个"不孝者的同党"和一个把"官场仕途说得如此厌人"的文人该受何种处罚，实在难以定论。钟会可谓乖巧之小人，他揣度司马昭之心，极尽造谣中伤、颠倒是非、混淆黑白之能事，其进谏谗言，终于令司马昭心中有了处置嵇康的答案。

真正令嵇康惹下杀身大祸的，则是嵇康放胆拿王凌、毌丘俭和诸葛延等三次在淮南起兵反司马氏的触目惊心的时事，纵笔写下的《管蔡论》。其名义上是替被周公、孔子视为大逆不道的管叔、蔡叔翻案，骨子里是为王凌、毌丘俭和诸葛延的“叛反”鸣冤，乃是影射司马氏父子阴谋篡位的行径。毫无疑义，嵇康明显把讥讽矛头指向了司马氏集团。至此，司马氏集团又怎能坐视呢？司马氏可以容忍阮咸、刘伶辈的狂放，可以容忍孙登、皇甫谧辈的隐逸，却绝不能容忍嵇康的性烈。

嵇康的死，很惨烈，亦很从容。刀杀嵇康的刑场设在洛阳东市。刑场上，烈日下，他想起了早年在白塔驿舍（在今绍兴市陶堰白塔村）中练琴，有一天夜里，忽然来了位自称古人的老翁，坐琴旁与之共谈音律，言毕，索琴而弹，“其声商缓，似宫臣逼君晋谋魏之象也”。曲终，言称此曲名为《广陵散》，面授而叮嘱不要再传于他人。接着“指其葬处”，飘然而去。以后，有个叫袁孝尼的人知道了这个曲子的下落，曾多次请求传授都被拒绝了。现在自己离杀头的时辰已经不远，难道这个千古奇曲就这样永久地断绝了吗？忽然间，闹声四起。猛抬头，只见刑场边黑压压的一大片人。原来，他们是闻讯专程赶来替嵇康请愿——请求朝廷赦免嵇康之罪并请其来担任自己导师的三千太学生。面临此境此景，嵇康感慨万分，正当被押上断头台时，他“顾视日影”，对身边的监杀官说：“行刑的时辰还没到，让我弹一个曲子再走吧！”未等允诺，便向哥哥嵇喜“索琴弹之”。

丝丝入扣的琴声音韵，无不流露出悲愤难抑之情。仿佛那手指一下击碎了昆仑，击碎了泰山，托起了一轮硕大的明月。滞涩处，则似乎凝聚着山的力量、水的力量、历史的力量。于是静于静止之中，忽地音从指间溅出，顷刻间扫尽炎嚣，雪融燥气，弦上跃然波波贞洁、浩浩清气……竹林萧萧，在最后一曲绝响中，随着刀起头落，嵇康终于与山林融为一体，成为一头放达于林间的麋鹿。我无缘一睹当年嵇康这悲壮惨烈的场景，但我想象，在场的太学生其躯体定然会如古琴，其血脉经络亦定然会如一条条琴弦。触摸中，血脉之弦怎能不同频共颤？每每想到此，我会自觉和不自觉地做出古琴的姿势，将颤抖的灵魂伴着一缕清风明月，飘然远去……

鲁迅先生对嵇康很同情、很欣赏、很敬佩，特别是对于其死因，分析得很透彻。他尖锐地指出："非薄了汤武周孔，在现代是不要紧的，但在当时却关系非小。汤武是以定天下的，周公是辅成王的，孔子是祖述舜尧，而舜尧是禅让天下的。嵇康都说不好，那么，教司马懿篡位的时候，怎么办才好呢？没有办法。在这一点上，嵇康于司马氏的办事上有直接的影响，因此就非死不可了。"断头台上抚琴长叹的嵇康，确切地说是死在自己叛逆的"傲"骨上的。这从他临刑前的喟叹里就能看出来。那个时代像他一样"龙性难驯"的士人都逃不了身首异处的宿命。或许不只那个时代，整个文学史就是一部铮铮铁骨埋没荒野的历史。倒下的总是时代的先行者。一旦他们的血从闪光的锋刃滴下，那么滋润的就不仅仅是一个时代了。

俟嵇康一死，"竹林七贤"的其他六人便作风流云散，"竹林之游"亦因此而绝，这当是后话。须赘述的是，嵇康刑场上一言"《广陵散》于今绝矣"，多少让人耿耿于怀。其实，所谓"于今绝矣"，并非指曲子本身，而只是反映嵇康临刑时的激愤之情罢了。琴曲《广陵散》经明代朱权编印的《神奇秘谱》（1425 年）得以保存，一直流传至今。只是不知道怅望沧海桑田，透过千年琴弦，嵇康还能否找到几个当年的知音？

从广陵村返回，仰望天空，隐隐约约地从云缝里看见一只苍鹰，于烟水苍茫处飞翔起舞，而那舞台之大、背景之远，还有那翅膀之沉、鸣叫之哀，都留在了我的心里，我相信那定然是嵇康在弹奏那曲心爱的《广陵散》。

走近“小仙坛”

有青瓷的地方，就必有江河、丛林以及瓷土，这是古代越窑青瓷选择古窑址的前提。只有具备了运输、柴薪、原料这些基本条件，青瓷生产才能水到渠成。其中，靠近江河则是最为重要的条件。是的，曹娥江两岸曾经是当年上虞“从山麓到山巅处处是窑场，夜而远望，火长火短，一片莹然通明”最直接的参与者和见证者。

2014 年，上虞“禁山早期越窑窑址”入选“全国十大考古新发现”。须知道，正是这一次的考古发掘，取得了重要收获：上虞地区是成熟青瓷的起源地，而成熟青瓷的出现又以小仙坛窑址产品为标志。

来到小仙坛瓷窑遗址，附近是一条神奇的山谷，底部开阔的山地里那绿油油的草皮与附近青冉冉的山林相呼应，大都给人以苍翠欲滴的感觉。而附近一泓水面，恍若历史的拷贝，只需一按阳光的按钮，曾经的人物、曾经的故事、曾经的场面便尽情流泻……

我知道，这拷贝的底色定是与周围环境相协调的黛绿，因为这里曾经是从东汉中晚期成功烧制出成熟青瓷的肇始地——我叹服古人的聪明和智慧，他们是那样完美地将大自然中的绿色与人类心中最美好的希望交织、交融在了一起。有人将这里出土的青瓷片放置在显微镜下，于是诗意奔涌而出：“出现在人们心扉的总会是旷远的丛林和阳光下一望无际的湖水，往前走，林子越来越近，道路越来越隐蔽，周围一片绿色，凉凉的风里有艾草的香味……”

小仙坛瓷窑遗址，位于上虞区曹娥江边上浦镇石浦村，其有小陆岙、小仙坛、大园坪三处窑址组成，是上虞东汉瓷窑分布的密集地，东西相距 600 米。出土的叠、钟、钵、壶、洗、碗、盏、罐、碟等器物，其釉面具有较强的光泽感，经过科学测试，其瓷胎质量好，烧成温度达到 1200 摄氏度以上，且吸水率低，胎体烧结好，抗弯强度大，已经达到了成熟青瓷的标准。于是乎，小仙坛窑址被认定为迄今为止发现的世界上最早的青瓷窑址，是成熟青瓷的典型代表，成为全国重点文物保护单位，便是那样的水到渠成、瓜熟蒂落了。

当20世纪60年代，小仙坛瓷窑遗址被人们发现而掀开神秘面纱的一刻，那定然是令人震撼、让人怦然心动的一幕。被岁月尘封了1000多年的一丛丛、一堆堆的残瓷碎片，袒露在阳光下，自向今人展示着古老的秘密。古窑静默，瓷片无声，却在我们的凝视中铮然作声，1000多年前的劳动号子，仿佛正伴随着那些原始的工具发出叮当之声，在江南大地上回荡……小仙坛瓷窑遗址便不再是一个单纯的让人欣赏的风景，它已成为一种精神的象征。每个人都可以在这儿找到某些寄托，某些冲击和鼓舞，这大约就是它内涵的丰富性和包容性吧！

瓷土是土，却又不是土。它们有灵性，有思想，当然具备的还有经历。在成长为一件器物之前，它们在长长的岁月里风化，只是偶然或是必然的，会被某一双手捧在手里，抚摸、捏制，并且由着自己的感情来随手赋形。于是，无形的卑微的陶土便以一种艺术品的形式出现，延续了土的生命，又赋予了土的新生。

伫立于成堆的残瓷碎片旁，我总是浮想联翩。它们每一件都经过了复杂的工序，经过了多少人的手，费尽了多少人的心血。它们似乎一文不名地躺在这里，记录着曾经的失败。想起大宋官窑的制瓷精神就是，一年只生产36件，其余全部砸碎。这种精神，自让大宋官窑的“残品”死得其所。然而，唯“残品”中不断累积的瓷魂，始出珍品。小仙坛瓷窑遗址中的残瓷碎片，又何以不记录着当年窑工们一次一次的失败、一次一次的反思？又何以不彰显着一种坚韧不拔、百折不挠的制瓷精神？是不是可以这样说呢？正是这一块块碎片，垫起了小仙坛瓷窑遗址登上中国成熟青瓷高峰的基础。

小仙坛令我产生无穷遐想的，自然还是那出土的完整的瓷器和碎片。尽管历经1000多年，却依然莹洁剔透，在它们温润沉静的光泽中，能幻化出东汉窑工们的种种生活情状，甚至他们的悠扬歌声和悲欢表情。我相信，其时人们爱恋青瓷，既是出于生活之必需，更是为了表达心中的理想。在他们精心制作的青瓷中，有对生活的热爱，对梦想的祈望，也有对幸福的憧憬。因为“物质生活的生产方式制约着整个社会生活、政治生活和精神生活的过程”。

是啊，受浓郁的地理人文环境的熏陶，使得青瓷在釉色、纹饰、造型、艺术风格等方面，无不映射出水乡泽国的地理特征。作为水乡泽国，上虞拥有汹涌澎湃的大海、奔腾起伏的江涛、微风细纹的湖波、潺潺流淌的青溪、宛转曲折的河流……水是上虞标志性的地理构成要素，是其特色和灵魂之一。生活在这里的人们，饮食起居莫不与水相关。于是，将对水怀着极大兴趣和依赖的这种美好情结，自会反映在青瓷的制作上。就在小仙坛瓷窑遗址上出土的瓷片中，水波纹是其主要纹饰之一，其线条之流畅、图案之巧妙，让人叹为观止。是的，看惯了水波荡漾的上虞先民，从此拥有了自己的永远不败的花，那是瓷上盛开的青花，有着比时光还要悠长蜷曲的浪花。

如果说，东汉的窑工们把水所具有的柔和、清秀、淡雅、宁静的性能特征融于青瓷的艺术风格中，形成青瓷特有的柔和、淡雅、宁静的审美感的话，那么，这种艺术境界又何以不是当时人们所追求的生活趣味和精神境界？我总以为，在每一件青瓷作品之中，哪怕是每一块碎片，定然有东汉窑工和自然的对话，有万类生灵之间无声的交流，有无穷无尽的天籁和声。它同时透露给我们一个准确无误的信息：我们的古人，是浪漫的，是富有想象力和创造才能的。我想象，当天上的月亮被一层薄薄的云雾遮映时，那恰似一件小仙坛瓷窑遗址上釉过了的挂在天上的青瓷，她收藏了属于小仙坛瓷窑时期的历史，洞察了那个时光深处的秘密，她更是一枚充满了乡愁的徽记。

在考古发掘中，考古人员发现了一枚在大园坪青瓷器底部镌刻的“谢胜私印”的方形印章，为东汉出土瓷器中首次发现，其人文价值不可估量。微阖双目间，我仿佛看到谢胜于晨曦初露时，汲起江水，从容捏泥，要不了多少工夫，瓷胚在谢胜手中成形。如果说，这洁白的瓷胚，等待着色泽布满身躯，在人间完成一个不肯褪色的梦的话，那么，谢胜的盖印，似乎在自信中平添了一份对于青瓷展开生命的期盼。因为接下来的时光，便是谢胜以朝圣般的心境，等待窑门的打开。我相信，当满满一窑通体翠绿、荧光锃亮的碧玉展现在他眼前时，布满血丝的眸子残留着察看窑火的余焰的谢胜，一定很享受这一“刹那”，他也一定感受到自己早与天、地、神，与土、水、火融为一体。

我曾想，或许谢胜是一位大师，否则，他怎能有私印？谢胜是幸运的，因为他的私印，让后人记住了他这位制瓷大师。比之谢胜，更多的制瓷匠怕是默默无闻者。你想过吗？ 1000 多年前，有多少匠人在这方土地上辛勤劳作？个别的舍家弃子来到这里之后就从此音信全无，以至有人累死、病死在这里。让我们唏嘘不已的是，创造了伟大艺术的匠人，竟连个名字都未能留下。他们是否想过流芳千古？或许有，也或许没有。然而，我们不能否认，他们在创造艺术。没有他们，便没有谢胜；没有他们，谢胜就是孤独的行者。记住谢胜，也让我们同时记住他们。

……

青瓷之美好像陌上的采桑女子，带着一朵朵燕子的啼声，带着桃花梦雨，是那么清新，那么灵秀。每当人们骄傲地说到水之魂、云之魅、山之魄、石之髓的结晶的越窑青瓷，我都会情不自禁地想及上虞的小仙坛瓷窑遗址。要知道，这是一个宣告中国成熟青瓷到来的时代。或许，当年上虞的先民们并没有想到，在满眼青翠的季节，一窑一窑地烧出温润纤秀的青瓷的时候，无意之间，他们掀开了中华古国文明璀璨的一页。想一想吧，假若没有成熟青瓷的诞生，中国的制瓷历史不就得改写吗？

最忆“女儿红”

有人说，明眸皓齿的江南少女操一口吴侬软语，美目盼兮，巧笑倩兮，依顺汩汩而过的流水摆着浣衣的姿势，哼着浣衣的小曲，在夕阳里温柔地笑，这不知会看酥多少人！看江南“浣少女”，固然美不胜收，然而品江南“女儿红”则莫不让人陶醉。事实上，这用上等江南湖水制作，融入江南民间智慧，嵌入江南工匠精神，又与江南“女儿”情投意合的“女儿红”，又怎不让人欢爱有加呢？

初次听到“女儿红”这个酒名时，我就醉了。“女儿”之于父母，自是疼爱有加，之于天下父母，亦未尝莫然。一个“红”字，既喻“女儿”之美，又点黄酒之色；既添觥筹之趣，更寓事运之泰，一个多出人意表的雅名呵！难怪散文家陈幸德先生兴致勃勃撰文曰：“我相信‘女儿红’肯定是绍兴老百姓取的名，如同相信他们为女儿常取梅呀，兰呀，柳呀，菊呀，莺呀，燕呀，云呀，霞呀一样，也有超乎人间烟火气息的意境追求。”

有一天，我慕名来到位于中国经济最活跃的地区——长江三角洲之一的绍兴东麓的上虞区东关街道——绍兴女儿红酿酒有限公司，在参观了大罐浸米、机械化蒸饭、榨酒及蒸酒的一系列工艺，尤其在听闻引进“黄酒配糟混合发酵工艺”令黄酒品质骤升，通过技改，而今公司年生产能力已然达到5万吨的消息后，我情激扬，我心飞翔。是啊，作为中国驰名商标、首批中华老字号，只有不断创新，改进工艺；不断投入，做大规模，才能永葆青春，独领风骚。

“越酒行天下”，娉娉婷婷的“女儿红”，成为越酒之中的一枝独秀，自是与美丽的传说为伍应运而生的。晋时，东关（现在浙江上虞境内）有一裁缝，其妻孕，特酿好酒数坛贺得子用。才知一索得女，裁缝气恼，埋酒地下。18年后，女儿长大，才貌双全，裁缝将女许与得意门徒。洞房花烛夜，起出埋藏18年之陈酿宴宾朋，味甘洌，色橙红，席上骚人赞口曰：“佳酿女儿红，育女似神童。”自此，会稽（今浙江绍兴）一带形成生女儿必酿“女儿红”，他日婚嫁时开坛宴请宾客的地方习俗。

频频举杯，浅浅啜饮之时，油然忆起“女儿红”姣美的传说，我每每情不能自已。这江南青山绿水特酿的“女儿红”，得越人之睿，享地域之利，穿千年之时，从中不是融进了历史的流脉，浸润着文化的积淀，透视了生命的“物化”？站在时空交错的平台上，追随着“女儿红”赐予的一泓酽酽的醉意，我极目远眺，遥想远忆，看到了王羲之“一觞一咏，畅叙幽情”的良辰美景，体味到了陆游“船头一束书，船后一壶酒”的无限意趣，触摸到了誓不落阮籍、刘伶之后的徐渭“放浪曲蘖”的豪爽烈性，涵泳到了陆游“红酥手，黄縢酒，满城春色宫墙柳”的离愁别恨……

从远古“山猿酿酒”到“空桑秽饭”之偶得天然的感悟，再到由“蘖”而“曲”的人工发酵的创造，“女儿红”独得神韵，尽受其惠，于是得以因艺显声，因声扬名。无论王侯将相、文人墨客，抑或平民布衣、凡夫俗子，无不垂青“女儿红”。谢安后裔、著名电影导演谢晋，对家乡的“女儿红”则更是情有独钟。想血气方刚的当年，他非七、八斤“不过岗”矣，生前八十挂零的他逢年过节到老家小住，免不了要从地窖里取一坛“女儿红”，与家人好友对酌一番。席间，兴之所至，谢导俨然说剧情般地絮叨道说“女儿红”动人的故事及其饮酒趣闻。从眉飞色舞、手舞足蹈的举止里，从脸庞微微泛红的映衬中，谢导显得是那般的年轻倜傥、忘俗快活，更兼醉意朦胧，不知不觉中，大家一齐进入了幽远、浩邈的超逸境界。

有其父必有其子，当年从美国纽约大学学成返归的谢导之子谢衍，闻知“女儿红”这个美好的典型的东方习俗，便摆脱不了乡情对他的召唤。初回桑梓的那天夜里，他喝了三杯“女儿红”，醇醇的“女儿红”，竟令谢衍做了一个恬恬的“女儿”梦：他有意与浙江著名作家沈贻炜联袂，拍一部电影《女儿红》，他要让全国知晓家乡的“女儿红”，让全世界知道中国的“女儿红”。趸拥着家乡父老乡亲的厚望、深情，他们一路同行，不敢懈怠，于是拨开“久久的等”，冲出“频频的问”，电影《女儿红》终得以今日“开坛酒香浓”。家乡举行的首映式上，《女儿红》的轰动，似始料未及。是啊，点点滴滴的“女儿红”，圆了谢导父子俩的梦，又何尝不圆了家乡人的梦？

“摇起了乌篷船，顺水又顺风，18 岁的脸上像映日荷花别样红。”每当唱起《九九女儿红》这首金曲，我便会忆起前些年我赴美考察的难忘一幕。有一天，我在洛杉矶一家大商场里游逛，走至酒柜一侧，那摆在醒目位置上青瓷坛装的“女儿红”突兀在我眼前，此时此刻，身临其境，那是怎样的一种诗意呵！正当我喜出望外之时，一位美国少妇在与我“哈罗”以后，竟信手将“女儿红”往手推车上放，一放就是八瓶。哇！我投以惊羡的目光。少妇笑吟吟地告诉我：她丈夫爱喝“女儿红”。一口地道的中国话，一腔纯正的普通话，着实令我吃惊。没容我自我介绍，她指着青瓷瓶说这釉色似“海洋绿”，并赞叹一青一红配伍，相得益彰，妙不可言。说着说着，她吟诵起唐代诗人陆龟蒙的诗句来了：“九秋风露越窑开，夺得千峰翠色来。”边诵边走，欲说还休，在“拜拜”声中，她悄然离去。在异国他乡，竟能逢“女儿红”知己，不就是“女儿红”的福分？“掀起你红盖头，看满堂烛影摇红”，我们的“女儿红”不早已“洒向那南北西东”了吗？

这天生丽质的“女儿红”，这千古宜人的液态琥珀，令观者动容，让饮者叹绝，盖与民俗淳朴、礼教崇隆、学源绵远、文风鼎盛有染，所谓“名酒出于名郡，共相焕发”是也。然而，有道是“女儿红”琼浆玉液、舒徐水灵、酒香馥馥、芳溢齿颊，赢得无数石破天惊的妙用，千载同调的情致，鄙人区区小文又何以道得尽其百般风韵、万般柔情呢？

越剧最缱绻

在人们的眼中，江南自是一个山温水软、柔意绵长的感性之地，它仿佛婉约宋词里的意境，杏花春雨，黄鹂婉转，燕语呢喃，充满一派才子佳人式的浮华景象，有一种浓得化不开的质地。但我以为，江南如果仅仅只有粉墙黛瓦、翘角飞檐，而没有华丽的越剧，那么，不管多么美轮美奂，历史多么久远，那上面沉淀的，注定只是单调的时间。然而，越剧到底没有错过江南青睐的机遇，其正是在这般轻盈灵动里怀胎、分娩，并以其特有的智慧和韧性，彰显着江南丰沛激越的文化血脉，在苍茫历史中，凸现了江南文化的柔韧，演绎了江南的另一种凄美。

有人说，如果是液体，那越剧就是妩媚的水；如果是植物，那越剧就是水边的柳；如果江南是一艘典雅精致的画舫，那越剧分明就是咿呀的橹声和旖旎的水波。是啊，令人缱绻悱恻、至性至情的越剧，恰如一江春水在“俏丽、跌宕”的河床中已然走过了115个年头。

真正喜欢上越剧，那是缘于一出叫《血手印》的越剧戏。其时，作为一名应大学同窗再三之邀而初次观看越剧的观众，我并不知道戚雅仙与毕春芳已是大名鼎鼎的流派人物。然而，从不情愿到被吸引，从应付到入迷，只是因为对“日非细腻曲流畅，情真意切声犹哀”的越剧悲情花旦戚雅仙的戚派唱腔产生了共鸣。其饰演的王千金一出场便以悲调开腔，一段《花园会》便把王千金当时“纵有心事万千，更向何人诉说”的愁闷、悲苦心情表现得淋漓尽致。而与毕春芳一段“法场祭夫”，更是把戚派的悲剧情韵推向了极致。因了这样一段越剧情缘，我得以在以后的时光岁月里触摸越剧的心灵轮廓，感受百年经典的无限魅力……

江南山清水秀，人亦如山水般清秀，性格柔婉，有一种阴柔之美。于是，注定了越剧要在这片土地上诞生，水袖要在水泽沼国上舞起。光绪三十年（1904 年）清明节前夕，嵊县东王村艺人李世泉、高炳火、钱景松，在村中香火堂前用四个稻桶、两扇门板搭成临时的越剧戏台，穿上从农民家借来的大布衫、竹布花裙，演出《十件头》《双金花》等。然而，就是这唱书艺人第一次在嵊县本地登台演出，加之此时的越剧只用笃鼓、檀板按拍击节，的笃之声不断，便令越剧有了一个简朴的名字，曰“小歌班”“的笃班”，以别于绍兴大班（绍剧）。新生剧种在古老剧种面前，虽戏班小，剧目少，唱腔单调，可其也有属于自己的优越性——演出不拘条件，能送戏上门，深入山庄小村演出，且戏班人员少，好接待，不计较报酬待遇，更兼一出出动人故事是如此贴近大众日常生活，一个个故事情节是那样贴近大众心理，一桩桩故事演唱是那般贴近大众日常趣味。于是乎，在“天时地利人和”里，越剧便难以遮掩其勃勃的生机而葳蕤茁壮。当地民谣说“小歌班，吊脚板，男人看了懒出畈，女人看了懒烧饭，自格小囡忘记还”，越剧的魅力由此可见一斑。

如同物种进化一样，“落地唱书”默默地在时光的轮回中，在其适宜的土壤中，不断发育、滋长。在嵊州越剧博物馆展厅的玻璃橱窗内，一张泛黄的《申报》让我眼前为之一亮。抵近细看，上面写有“1922 年 8 月，以王永春、白玉梅、马潮水为首的越剧戏班进入到上海‘大世界’”的内容，这无疑成了越剧进军大上海的有力见证。是啊，从 1920 年小歌班艺人在上海演出《琵琶记》《梁祝哀史》《碧玉簪》《孟丽君》，到在大世界游乐场演艺挂出“绍兴文戏”牌子；从“男女混演”到女班完全取代男班，从中无不张扬着其勃勃的艺术灵性。而当施银花、赵瑞花、王杏花、姚水娟等“三花一娟”名伶脱颖而出之时，当 1938 年秋，用“越剧”名称替代“女子文戏”中心之时，越剧便谱写着其将要喷薄欲出的精彩华章。想一想吧，在那样一个时代，传统的中国戏曲要演“时装戏”，无疑是一种“时尚”的举动。

谁也没有想到，当我们的祖辈在剡越大地上收集采撷一个音符，用竹笛、洞箫、琵琶、扬琴、越胡以及那清脆的“的笃板”演奏出来的时候，那清悠婉转的“尺调”“四工调”“弦下调”竟成了对乡村精神民俗文化最经典的歌颂。曾导演了《百年越剧》《舞台姐妹》等耳熟能详的越剧纪录片的钟冶平导演说：“这种唱法主要以当地流行的宣卷调为主，糅合了牧牛调、莲子行等民歌小调，因为用‘四工合上尺’当作尾衬，所以当地人都叫它‘四工合调’。”越剧的出身虽平俗，却并不影响其在城市另一“T型舞台”上的走红。那车水马龙的人流，那高耸入云的大厦，那在城市一隅发生的种种浪漫连着灯红酒绿，都袅袅婷婷地从音符里流泻出来，只是越剧还保持着自己的本色，时而翩若惊鸿，时而矫若游龙，时而如彩蝶纷飞，时而如霓裳起舞，时而哀怨缠绵，时而慷慨激昂，似乎蕴藏着永远读不完的人生语言，包含永远品味不尽的关于情爱和人生的真谛。

是啊，悠悠剡溪蜿蜒，一群花样少女从田间走出，带着她们的“落地唱书”，闯入大厦错立的摩登城市。飞舞的水袖，摇曳的身姿，柔婉的唱腔，迷住了那些头发花白的资深戏迷，也令听惯了洋腔洋调的时髦青年们为之倾倒。曲调依旧，板胡依旧，除却了或多或少的土味儿，从此，越剧便有了她新的生命与魅力。同样不能忘怀的，还有“越剧十姐妹”。1947年初夏，为反对旧戏班制度，筹建剧场和戏校，发展越剧，尹桂芳、袁雪芬、范瑞娟、傅全香、徐玉兰、筱丹桂、竺水招、徐天红、张桂凤、吴小楼十人举行联合义演，同台演出越剧《山河恋》，一举轰动上海，“越剧十姐妹”的美名也因之不胫而走，并为越剧艺术底色涂抹了艳红不灭的光泽。而由袁雪芬领衔主演的《祥林嫂》，则似乎更是解开了魅力越剧一个蕴藏多年的“梦”：越剧，本身就是一个不断汲取姐妹艺术营养、不断吐故纳新的过程。不是吗？诚如嵊州越剧博物馆馆长俞伟所言：“越剧第一次上台演出时，艺人一不会走台步，二不会做身段，‘唱做念打’样样不懂，更谈不上‘四功五法’地运用了。于是，小歌班演员就虚心向姚剧、绍剧的大班子请教。”是的，越剧正是在向姐妹剧种的学习借鉴中，在努力地模仿创新里，渐渐开启并开创了自己的面目。

越剧是一个拥有敏锐嗅觉的剧种，它深刻把握时代精神和审美风向，没有太多的历史陈规痼疾缚身，在它百余年的历史中不断推陈出新。越剧，也是一种文化基因，它的传承与播撒，造就的便是一方“忽如一夜春风来，千树万树梨花开”的好年景。是的，如果说京剧高雅如贵妇，那么越剧便是江南的小家碧玉。约是刚柔相济的缘故，豪爽的北方人对于婉转的越剧也开始愈来愈迷恋，那确是一种不同于京剧的优柔韵调。中华人民共和国成立以后，其触角由浙江、上海不断伸向全国，各省越剧专业艺术院团最多时有 280 多个，越剧亦因此被称为继京剧以后的第二个大剧种，可谓名副其实。

如果说越剧是一盏后花园的灯，是以演绎男女情感见长的话，如果说越剧是体现女性至阴至美的一种曲调的话，那么越剧是把女性传统古典的柔媚和现代女性知性的柔韧之美完美地结合在一起了。在“中国英台之乡”浙江上虞，当地一家小百花越剧团演出的越剧《梁山伯与祝英台》，自将祝英台的奔放勇敢表现得尽善尽美——看似柔婉的背后，却充满着对一种独立自由的精神人格的追求，一种对人生对社会的纯粹东方色彩的思辨。

“梁祝”，被周恩来称为“东方的罗密欧与朱丽叶”。作为爱情主题，这是一个超越时空的话题。1998 年 5 月，当上虞小百花越剧团受国家文化部委派，携《梁祝》飞往芬兰参加第二届赫尔辛基亚洲艺术节，其演出受到包括芬兰总统夫人在内的广大观众的欢迎时，那么越剧还只是越剧、“梁祝”还只是“梁祝”吗?

也许，中国式的爱情圣典都是这样，唯有伤悲的分离，才会有幸福和痛苦被镂刻在时间的深处，才会有生死难了的承诺、没齿不忘的期许。“1000 多年，时间真的够长的了。人生的酒杯，何以浇却殇情的块垒而空对明月；看春水枉自东流，而独自锥心断肠。知道吗？那道美丽的虹影，是用两个年轻的生命拓印下来的，杜鹃啼血，岁岁年年，它们有理由骄傲地飞翔在万物蓬勃的季节……”每每看越剧《梁祝》，我总是会与一位作家对“梁祝恋”产生相似的感喟。

当一阵阵水样委婉的唱腔、一声声水样妩媚的娇嗔，在江南的乡野市肆间、在江南的谷场河流上悠悠沉浮的时候，那是如水的越剧在水样地流淌。

……

历史上，“五里七里一纵浦，七里十里一横浦”的江南地区，凭借水的流动孕育了灵动、丰沛的水文化，也对江南先民的衣食住行产生了深远的影响。智慧的江南人，更是因之而创造了众多的文化产品，就如越剧一俟飘荡在湖畔水面，也得以成为江南水文化的源头和码头。江南水秀出莺唱，每每听越剧，我总觉声音如水，心情会慢慢被浸润，歌声不空旷悠远，但听后，却是淡淡的空灵。如是听那才子佳人、青梅竹马之曲，细腻而深情的吟唱，仿佛是在对沧桑作独特的诠释，仿佛忧伤，又如领略过的欢快，柔婉的声音是支忧郁的箭，在寂寞夜里，射中每一颗为情或伤或喜的心……温馨轻柔，浅吟低诉中，充满生命的灵动。“挺住意味着永恒，坚守昭示着一切。”以魏晋风骨，唐宋遗韵，明清传奇做底蕴，以名章典故为作料，以世情百态、江南风韵做酵母，越剧经千余年文化积淀，百余年的血酿成的这坛醇厚绵长的女儿红，在矢志坚守者的精心调制里，定然会散发新的芬芳馥郁，迷醉新的一代又一代——犹如江南的水，带着特有的柔曼诗性，定然能开拓出一番“因流动而交流、因流动而自由、因流动而多元，因流动而灵动”的崭新水域。

……

面朝江南，春暖花开。江南的水古老了五千年的神秘日子，五千年的神秘日子也织就了多情的江南。我在如梦如幻的江南水乡里陶醉，我在“小桥流水人家”的乡情里流连。如果说，每一个人都拥有一个江南水乡的梦的话，那么，我相信每一个人的心里注定有一个属于自己的心灵栖息地——

不只看到眼前的苟且，还有远方的田野。

赵畅，中国作家协会会员，第三、四、五届《儿童文学》金近奖评委。先后在《求是》《人民日报》《光明日报》《新华每日电讯》《人民文学》《中国作家》《十月》《北京文学》《上海文学》《青年文学》《散文海外版》《散文选刊》《解放日报》《文汇报》等发表散文、随笔1000余万字。先后获中国作协主办的“首届郭沫若散文随笔奖”，《青年文学》主办的“第二届青年文学散文创作奖”，中国散文学会主办的“第六届冰心散文奖”。多篇散文进入“中国散文排行榜”。

大美苏州（散文）

◎（新加坡）蓉　子

对苏州这座城市，我情有独钟。

苏州赢得李光耀世界城市奖，实至名归。世界城市奖需要什么条件，我不知道，但觉苏州美而不艳，雅而不俗！苏州分成三块，老城区叫老苏州，名园古迹扬天下；当地开发的那块叫新苏州，充满地方的智慧与干劲；洋苏州指的是新加坡与中国合作的第一个开发区。如果你游览过了，绝不相信这是工业园！

园区真的是妩媚，车子进入现代大道，笔直宽阔的路上，两旁姹紫嫣红的各类花草树木，教人心情顿感怡悦。经过20多年的绿化培植，四季花红柳绿，桂花十里飘香，杨柳垂荫湖边；所经之处干净整齐，没有电线乱穿楼房违建，建筑物外观设计高雅，色泽可亲，夜晚楼顶灯亮，寂静的夜空光影变幻，好似童话故事的梦幻仙境。

苏州有张代表江南的最亮名片，在上海的苏作馆，可让外界认识苏州“最江南”的文化底蕴。走进这个世界级展厅，江南文化魅力教你叹为观止！一件件巧夺天工的艺术品，无论雕刻、苏绣、缂丝、木作、苏扇等，都是妥妥的奇珍，值得收藏的宝贝。紫檀木配合象牙、绿松宝石雕嵌的扇形拙政园，精致的双面绣，绣出如诗如画的江南水乡，神韵如生的人物，诗书琴棋的古装仕女，还有宋锦彩织，各式花样的棋盘……果然大师精品！这些顶级苏作，仅是苏州古城美丽的一角。

巴黎不必去了，来苏州就行，此地宜古宜今，教你惊喜不已！

古典、现代，亦中亦西；园林、音乐，如幻如梦。白日里，姹紫嫣红绿柳岸；黄昏后，火树银花星空璨！绚丽的色彩，不饮也醉人。

斜塘老街，望名生古意，是集苏州园林之大成，转到哪个角落，看看都是一幅画。

初夏的黄昏，走入斜塘老街，小桥流水，亭台楼阁，护栏月门，似曾相识？一弯新月照四周，迷蒙中，竟似梦里。

夜游网师园，细品古韵，日行古城区，静赏黄昏；天上明月，桥下流水，眼中所见……处处山水与文化，把酒言欢，看剧听曲，赏心乐事。

李公堤，美食满街，却有怀旧的诗情，漫步湖边，国际都市之美，谁与争锋？洋洋餐馆，临湖对酌，看湖面轻波微漾，远处高楼亮灯如画，湖水载光摇摇曳曳；月光码头，两两依偎，婚纱照拍摄中，朱唇含笑，美目盼兮，情定三生。磁性的歌声飘扬，在水之滨，三杯两盏，游兴到此极致，已是陶醉得不知在地球哪一端！

苏州中心，时代地标，金鸡湖畔，举头仰望，与星月同辉。内部包含着全世界的物资，它赶在时代的尖端。

同在一座城市，古意新趣，泾渭分明，却无违和感，也许只有苏州。

这座城市，柔美，也阳刚。昔日垦荒牛，抱着克服万难的决心，把那农田渔村、池塘沼泽打造成锦绣花园，今日接班人，一代代苦干，领导着园区人筑巢引凤，尽力打造良好的营商环境。“敢为人先，追求卓越！”在苏州园区，不是口号，而是说到做到！

园区注重营商环境，工作人员熟知业务，处事条理分明，应变能力很强，动作更是迅速；遇事冷静而不冷漠。这些优质软件，与新加坡经验，一刚一柔的特质组合，缺一不可。放眼世界，新苏，是最佳搭档，可以煮酒论英雄啦！

《新华日报》说：苏州工业园区25年造就精彩样板，因为“读懂新加坡”，实现后来居上。

其实，苏州人就像出征的儒将，身着文武袖，心怀家国情，允文允武，智勇双全，剑及履及，不畏艰险。

苏州园区发展得好，端赖其秀外慧中。

年年江南春暖花开，飞絮飘扬，苏州总是盛妆在水乡，张灯结彩，喜气洋洋！

中新合作的新闻与故事，铺天盖地！冠盖云集，老友们来了！当年的开拓元老，四手紧握，喜容满面，激动之情，感染了会场。

地标秋裤，高挂“传承中新友谊，深化中新合作”。宣传视频现出“史诗级大片带你上天入地看园区”，震撼的图文，记录下前世今生！

大美苏州园区，江南胜地，紫气升腾，百里画卷，千年一梦。

说不尽的风流！

2021年7月28日

蓉子，出生在中国潮州，过番南洋。新加坡作家协会原副会长。写作50多年，小说、散文、书信、戏剧评论以及电视短剧剧本、广播剧剧本、舞台剧剧本等均尝试，作品荣登教科书。

天池与伊犁河（散文）

◎ 杨西北

一

某年秋天，我来到天池。记得最早认识天池，是在小学的地理课本上，这个天池是在祖国大西北的新疆天山里，是一个美丽的湖泊。对小学生的我来说，这个天池，真如远在天边。本想看到天池，应该有一番激动，但是没有。天池有辽远宽阔的水域，有一两艘游艇在湖中游弋，湖边的山上长着松树，没有什么建筑物，视野开阔。心里冒出两个字：水库。我马上为自己这个想法感到十分内疚，觉得冒犯了天池。为什么会有这个似乎不敬的想法？我几乎瞬间就明白了。我们早上从阿勒泰飞到乌鲁木齐，没有休息就直奔这里。昨天和前天，都在如同仙境般的喀纳斯湖，从观鱼亭上俯瞰喀纳斯湖，五彩斑斓，迷幻之极，虽然没有看到什么“湖怪”，内心的震撼仍久久难平。一下来到天池，对比太强烈，便生出“水库”这个东西。

我徘徊湖上。这里海拔 1900 米，北岸有棵古老的榆树，十分显目，被称为“定海神针”，说是可以镇锁水怪。我又想到喀纳斯湖，难不成这些远离尘世的高山深湖都有水怪？天池的湖面波平如镜，传说这湖便是王母娘娘的梳妆镜，王母娘娘可是玉皇大帝的夫人，这里关于她的传说多不胜数。浩阔幽深的天池其实是一个堰塞湖，是古冰川时期地壳运动形成的。

即便此刻在我眼中如同水库，也不能放过，得打下点印记，我心想。

我出门，习惯随身带着泳具。看到这个浩大的“水库”，便想到下去游一下。按行程安排，我们在这里要逗留一个小时，我很快盘算了，换装，下水，再换装，有 25 分钟足够。时值秋天，在这处昼夜温差很大的地方，水一定冰凉。仗着多年的冬泳，这水温我不怕，虽然南方的冬泳属初级的，游它几分钟应该可以。我注意到湖边有保安人员，一定会阻止游客下水，我只有突袭，下水游出去造成事实。如此一想便兴奋起来。

同行者三三两两四散在周围。要告知他们一下吗？我立刻打消这个念头。有人走近，问：想什么呀，是不是想作点什么文章？我吓一跳，连忙说：没有，作什么文章啊。来者说，是啊，没什么看的。

我注意到不远处有个洗手间，决定去里面换装。我转身朝那里走去。

这是一个干净讲究的洗手间，有人在盥洗池边正旋开水龙头冲手。我麻利地褪下衣物，穿上泳裤，将放在隔板上的衣物塞入行囊，掏出泳帽和泳镜。做这一切时，冲手的游客先是好奇地关注，然后生出惊讶的神情。

我抓起行囊准备走出去时，外面传来声音，有人叫我。说走啰走啰。什么？没听错吧？我向窗外张望，只见一行人向不远处的大巴走去。原来大伙觉没什么玩儿，要提前离开。我傻眼了。

下面的事我就不想再说了。我很失态地咒骂了几句，无奈地换回原来的衣服。下天池游泳，就这样给吹了。

二

某年初夏，我来到伊宁。伊宁是伊犁哈萨克自治州的首府，不过伊犁这个名字的名气比伊宁来得大。到这里，我首先想到伊犁河看看。这源自一首很有新疆风味的歌。开篇的歌词是：“太阳照耀着昆仑山，伊犁河水弯又长。”童年时，这首歌给我留下深刻印象，我从此向往伊犁河。一天傍晚，我们一行来到伊犁河大桥，在桥上拍了几张照片，我便从桥边的阶梯走下去，来到伊犁河边。

这段河道的岸边是碎石河滩，太阳刚下山，岸上不少消暑的人站立或走动，河里有不少人在戏耍玩水，甚至有一辆运货的三轮摩托开进河边冲洗。水流清澈，但是不深，顶多没到大人的肚子。玩水的多是孩子，有光屁股的，也有父亲带着儿子的，有几个包着头巾的大姐穿着衣服，浸在水中聊天，很开心的样子，有几个壮汉涉着水向桥那边走去，是不是那里水会深一些呢。这里河水不宽，顶多几十米，对面不远处又是河滩，大概正逢枯水期。

显然，在这处河段游泳是不可能的，不过到水中泡泡，也不枉来此一遭。我留意岸上，没有一处建筑物，就是说没有地方更衣。水中这些男男女女和孩子们，也许都住在附近，起水后便走回家中。河滩上零零散散坐着人，我找了一处石头坐下，寻思换衣物的事情，想看看下河人中有没有原地更衣的。

岸上有男女青年谈笑嬉闹，有独坐的男子或女子看着河水发呆。在伊宁数日，到过拉那堤草原，到过赛里木湖，那时可可托海还名不见经传，也没什么养蜂人。这些人中，会有叫阿尔瓦古丽的吗？

闲坐胡想时，始终没有看到有人起岸后原地更衣的，不免有些丧气。我行囊中有浴巾，用浴巾围着身子更换泳衣是很方便的事，南方到江里游泳，男女多如此行事，习以为常。但是这里少数民族聚居，哈萨克自治州，他们有这样的习惯吗？如果没有，便不好破例，还是得入乡随俗。

我站起身，走到河边，踩在一块石头上，蹲下，用双手撩着河水。这是伊犁河的河水，清凉透明，流动着诗行。它是条内陆河，曲曲弯弯，最后西流出国境，进入哈萨克斯坦。

我最终还是站起来，亲友在桥上等着呢。我是在若有若无的暮色中离开伊犁河的，河流连着天际的那边，燃起玫瑰色的晚霞，后来又变成紫红色。

回来后，我有时会想起，人生不如意事总有二三，没有在天池和伊犁河游一回泳，算是其中之一吧。

杨西北，中国作协会员，漳州作协名誉主席，著有散文集《在那遥远的地方》《半个月亮爬上来》《小河淌水》《你就是幸福》等。

专辑 · 乡恋

忘不了的丹东（散文）

◎小　山

金色的光线倾斜地照在灰蓝色的鸭绿江江面上。

我坐在岸边。海鸥不时地优美地飞过来，海洋的味道也从不远的入海口那里飘过来，好闻的气息让我的肺叶舒适地打开。丈夫陪伴我一起凝望着江水和大铁桥，无声地体恤我特别的心情。江水从波光粼粼，到暗蓝色地沉入傍晚。

别离20多年了，我再一次回到丹东，这一回，是带着父亲的身影。我坐着的位置，距离著名的鸭绿江大桥，仅仅几步之遥。父亲太熟悉这里了，那些岁月，不知父亲独自在铁桥边站立过多少次。抗美援朝期间，父亲已经在丹东工作了，边境之城忽然唱起“雄赳赳，气昂昂，跨过鸭绿江……”的战歌，响彻云霄，尽管父亲不是参战人员，但那时调动到公安岗位上的父亲，一定在战争的空气中感受到严峻与残酷了。第一铁桥瞬间炸毁变为“断桥”——这个鸭绿江上的伤口，是那么醒目。父亲个性柔和，但我有记忆的那时，穿着公安服装的父亲一向神情严肃，回到家里也不放松；面对儿女们，也极少说笑。在我出生的8年前，父亲在这里得知失去了第一个儿子，因为工作忙、路途远，在老家跟妻子生活的4岁的儿子突然病故，他赶回老家时，儿子已经埋在了山脚下。痛苦万分的妻子，跟随他到丹东定居了，然后才有了两个哥哥和我。地名叫安东的这个城市，我出生的第二年改为丹东。不久，父母亲在丹东经历了“文革”，父亲一次次地受审查，母亲领着我们离开丹东。3年后，父亲也离开丹东，回到了家人身边。冤假错案平反后，父亲才得到公正待遇，但父亲没有再回到丹东的工作岗位上。

这次我来丹东没有乘火车，是丈夫自驾车带我来的。我们进城的第一站，就依靠导航系统直奔父亲的原单位丹东市公安局。我为父亲“回去”的。公安局的大门已改换到原建筑身后的大街上，再加盖的新建筑非常气派地面对繁华的江城大街。第一眼我就知道这个大门不是当年的。我费了些心思，围着新旧建筑物转来转去，仔细地查看墙体和窗户，最终确定了五经街上公安医院的门廊，是过去父亲进出的地方，日式建筑风格的旧楼还在结实地使用中，一站在五经街的街边树下，我便仿佛回到了记忆中。当地的丹东老人帮我确认了记忆中的地址。之后，午饭都没有来得及吃，我又让丈夫继续开车，搜寻自家过去的老房子位置。穿过一条一条街巷，我们找到了元宝区珍珠街。可是，找老房子的念头是滑稽的，丹东市新世纪的变化和全国的城市节奏一样，到处都是全新的商业街建筑，新楼林立，现代感十足，哪里还会有20世纪五六十年代的居民房屋影子呢？幸亏锦江山和元宝山原地不动，自然地理坐标可以使我大致识别过去家园的方位——我在心里已经知足了。于是，我们驱车到了鸭绿江边，找一家饭店填饱肚子，入住到新建的一个民宿里。休息了一阵子，喝足了随身带的福建白茶，当疲乏的身体充满能量后，我和丈夫缓缓走向了江边。

我真的好像带着父亲的眼光，重新看着鸭绿江。第二座大铁桥岿然屹立，跨越两岸，对面的朝鲜新义州清晰可见。距离我上次来丹东的这20多年间，丹东的变化太大了，街边的旅游酒店和商店明显增多，作为旅游城市，这不足为奇。我吃着丹东美食嘎鱼、炒叉子、黄蚬子，翻阅一本当月的《三联生活周刊》，赫然的标题——《在丹东，万物皆可烧烤》，让我吃惊。父亲那时有烧烤料理吗？父亲那时有月亮岛夜市吗？都没有吧。那时，虽然有虎山长城、大鹿岛、绿江村这些地名，却没有开发成著名的旅游胜地，想必父亲不会去观光，所以，我也不想以旅游的姿态前往这些打卡的地方。我只想看到父亲待过的地方，走走父亲曾经走过的地方。这是我缅怀父亲的方式。

昔日的江城丹东，是辽宁省多么发达热闹的区域啊。中华人民共和国成立不久，轻工业崛起于边境，丹东的丝绸纺织业国内外远近闻名，富有特色的柞蚕丝绸缎产品成为支柱产业，因此，丹东在被称为“英雄之城”后，又被赞誉为“丝绸之城”。人们的记忆中抹不去的，还有牡丹牌照相机、孔雀手表、白翎钢笔等国产名牌，这些品牌商品都是丹东的知名企业生产，曾盛行一时，为丹东争光。地处东北边缘，丹东却从未落后过，一直上升的经济地位使得丹东成为中国最大的边境城市。城中有山水，不远处就是黄海，环城有江水丰沛的鸭绿江，因此丹东很像温润丰饶的江南城市，冬天不冷，夏季不热，至今都是宜居之城。

如今的丹东人面孔上，依然保有一种独特的从容不迫。我们漫步江畔人行道上，呼吸着清新的海鲜气味，丈夫分辨着迎面而来或者在我们前面走着的人哪个是丹东人、哪个是朝鲜人，兴致盎然。他感叹丹东居民的淡定安然，那种平静的表情甚是吸引人。今天的丹东人穿着，不过于时尚也没有土气，久已浸润出来的城市气质，个个都安之若素。饭店招待我们的女经理，长相很像日本影星栗原小卷，笑脸明媚，说话时却很朴实；经营民宿的小夫妻，在我们面前从头至尾没有显露格外的热情，仅仅是恰当礼貌的待客之道，让人内心很是舒服。丈夫兴之所至，给远在福州的丹东朋友发了一条丹东街景和人流的视频。

夜幕降临后，我们沿江走了一万多步，回到了住处。洗漱后，丈夫很快入睡了，我却睡不着了。我轻轻起身，坐到窗户边上，拉开窗帘，注视着江水。又感觉鸭绿江在月光下像柔软的绸缎了……一些关于父亲的记忆再一次浮现，我的眼泪涌出，簌簌而落——父亲离世后，似乎从没有离开我，无论在哪里，眼前的景物让我感受到美丽时，我都会很自然地想起父亲。我总是用他的眼光又认真看看，莞尔一笑，仿佛领会了父亲所领会的，一如他生前我们之间的默契。这是我一向与父亲心灵相通使然吧，每次和父亲说话，我都不必多言，几个字说出，甚至只说了半句话，父亲的目光都能读懂我的心思。少言寡语的父亲，在我这里也总能找到共鸣，彼此之间心领神会的时刻太多了。

我知道，父亲的光辉岁月是在丹东度过的。他 24 岁就到了丹东工作，而且是在自己满意的岗位上，父亲的青春一定是在丹东焕发过神采。老时光留下的那些黑白照片，让我看到了年轻父亲的俊朗——在同事们中间，或者在我母亲身边，他的大眼睛里都有一种清澈的明亮。在丹东，他被选送到西安进入中央公安学院学习一年，大雁塔前留影的青年父亲，是那么精神抖擞。负责公安局档案工作的日子里，父亲的严谨与细致作风，被领导和同事们看好。20 多年在丹东工作，成了父亲不尽的回忆，以致我考上大学时，父亲提议让我报考法律专业，继承他的事业。他喜爱的公安生涯，可想而知。如果不离开丹东市，我想，父亲的晚年会更符合他的心愿生活吧。父亲喜欢有文化气息的地方，一生酷爱读书，80 岁了还喜爱写书法——应该说，城市生活的条件更会让他的兴趣得到发挥和伸展。而在山村里的中晚年时光，父亲始终是落寞寡合的，缺少相应的交流，他内心有些枯寂。所以，我每次回到父亲身边都格外心疼他，会和父亲彻夜交谈，从而使父亲敞开心扉，也因此我知晓父亲的许多悲喜得失。儿子们很爱父亲，但我是唯一的女儿，体恤他的心可能更为敏锐。

老年的父亲，多次想重回丹东看一下。因为路途遥远，因为家里人各种忙乱，始终都没有让父亲实现这个愿望。我到南方定居 20 多年了，每次探亲匆匆几日，也未能带着父亲坐火车来丹东。父亲两年前去世了，我留下了深深的遗憾！

在我的学生时代和工作岁月中，每次填报简历，我都工整地写上出生地丹东的字样。就连我的高中同学闺蜜都讶异，我何以非要写丹东呢？由于我在山村里长大，从山村走出，理所当然应该标明乡村身份似的，可我偏偏一再强调自己出生于城市的这个事实，显得有些矫情吧？可我不管别人怎么想、怎么说，都无法忘记丹东作为我生命的起点，我的一切，从这里开始。

时光飞逝如电。后来，在我的童话创作进入新里程的时候，我用一篇童话《小补丁》定格了这一记忆：童话《小补丁》设定的故事主角，是一小块儿丝绸，来自轻工业城市的一个丝绸店。店主小老板制作华美的旗袍时，一剪刀下去，领口多余的一角绸料落地成了“小女孩”一样的小补丁，不久，这块“小补丁”被命运之风带离了城市，漂泊到山村……一波三折的“旅程”，悲伤与怜悯之爱，造就了小补丁有血有肉的生命。

这篇选入《2011年中国最佳童话》一书中的作品，创作灵感完全真实地取自我的童年经历。这个“轻工业城市”，指的就是父亲和我魂牵梦萦的丹东！

感恩丹东给我父亲精神饱满的青春。

感谢丹东，对我出生后幼年的抚育。

2021年8月31日写于沈阳

小山，本名贾秀莉，中国作家协会会员，编审。主要创作童话和诗歌作品，出版图书10种，童话《虎》获冰心儿童文学新作奖大奖，童话《羊收到狼的信》获福建省政府百花文艺奖一等奖，童话《云孩子》获福建省启明儿童文学奖一等奖，作品入选50多种图书及年度佳作选等。

天津·青春渡口（散文）

◎（加拿大）曾晓文

2012 年初冬从加拿大回中国，打算顺路去天津。我先生弗兰克想看看南开大学，因为我在那儿读过本科和研究生，我也准备拜访几位亲朋好友。游览并不在计划之中，所以在出发之前我没上网搜索名胜。心里暗想，即使游览，在那座生活过 7 年的城市里，还不是轻车熟路？况且弗兰克是“老外”，到了中国看什么都新鲜，无须我费力劳神。

从北京南站坐动车，还没读完一篇短篇小说，火车就进入了天津西站。西站簇新，灯光明灿，大理石地面洁净，令我不知所措。这怎么会是我站立过的站台呢？在记忆中，多年前挥手惜别同窗好友，站台永远幽暗甚至哀愁……出了火车站，乘出租车到街上。街道几乎比 20 年前加宽一倍，路两旁是摩登高楼。车过海河上的永乐桥，摩天轮猝不及防地闯入视线，我简直经历一场“新文化休克”。

第二天，我特地步行到津湾广场，近距离观赏那全世界唯一建在桥上，被称作“天津之眼”的摩天轮。传说在摩天轮上的每个盒子里都装满幸福，所以仰望它，意味着仰望幸福。我早已过了轻信传说的年纪，但无法否认沧桑巨变引起的心灵震动。当年在海河边一次次漫步，吟咏过朦胧生愁的诗句，无奈海河有些污浊，散发出的气味令人不敢恭维。而此时的海河，碧蓝澄澈，气息清爽，微风从水面拂过，又添几分柔美！河面上浮动欧式建筑的倒影，令我一时不知身在何处，恍然若梦。

在城市里游转，迷失，但惊喜不断。与其说忙于寻新，不如说醉于觅旧。我只能靠街名和记忆中的城市联系起来，滨江道、南京路、和平路……庆幸的是拆迁虽大张旗鼓，但五大道上的异国建筑、清真寺、古文化街附近的天主教堂，当然还有著名的西开教堂，都被保存了下来。因周围建筑被拆，它们看上去像繁华中心的寂寞孤岛。当与天津小吃相遇，故事就有了转机。狗不理包子、十八街的麻花、耳朵眼炸糕，还有果仁张……在短短的时间内一一品尝。记忆没有欺骗我，舌尖上熟悉的味道，终于牵我回到了食品永远飘香的城市。我不得不感叹，走过千山万水，改变不了一副中国肠胃。当年被小商小贩占据的滨江道，如今变成了商厦林立的步行街，可以和许多国际大城市的商业中心媲美。读大学的时候，我不只一次到滨江道的衣服摊上“淘宝”，当然“淘宝”这个词在多年后才流行，每一代人都有各自的激动和追寻。

思绪在新与旧之间盘桓。回到宾馆，我不只一次上网搜索天津的老照片，向弗兰克展示，恨不能生动描绘出今昔对比。最让他惊讶的，不是城市景观，而是我在一夜之间宣称天津为“My City（我的城市）”。我读书时张扬追梦，对看重享受的天津不甚钟情。当雄心消散，才发现市井间的悠闲与自在如此顺和心意。

走进南开大学，发现新开路两旁的小树已耸入云天。10年树木，何况20年光阴荏苒。我寻到了更多的旧日痕迹，湖边的图书馆，我上过很多课的主楼101教室，住过的15号宿舍楼依然伫立。只不过从宿舍楼里涌出的，是风华正茂的90后。据说南开大学要被搬到郊区去。下次重访母校，校园内会是另一番景象，这让我不免有些怅惘。

我随意地在一家咖啡馆里坐下来。咖啡馆把圣诞树装饰得炫丽缤纷，还不可思议地提前一个月播放圣诞歌曲！侍应生，那可爱的戴圣诞老人小红帽的女孩，端来了美国咖啡。价格不菲，但味道醇正。邻桌有两位棕色皮肤的留学生，正全神贯注地练习汉字发音。多年前外国人出现，会引起众人关注，现已不足为奇。那时世界很大，如今世界很小。东方人拥抱西方文化，西方人追逐东方梦想。这一切，都已超出了当年的想象。

与一座城市的重逢，可以这般耐人寻味。天津，别名“天子渡口”，而对于我，是青春渡口。生命中那躁动不安的舟船，曾从这里启帆。当我告别韶华，城市却换了新颜。

这一次离开，心有别样的不舍……

曾晓文，作家、编剧、翻译，南开大学文学硕士、美国锡拉丘兹大学理学硕士，现居加拿大。出版《移民岁月》等11部文学作品。获《联合报》文学奖、全球华文散文大赛奖等十多个重要奖项，作品进入中国小说学会小说排行榜。

三叔公焙制龙眼干（散文）

◎ 朱谷忠

故乡莆田后庄，坐落在萩芦溪畔一片椭圆形的平畴上。溪畔种植着成百上千棵龙眼树，如螭龙般在空中蜿蜒、盘旋着。一年四季，树叶常青，无论从哪个角度看去，每一片龙眼林又像一座座天然的绿色帐篷，浓黛盈盈的树梢叶隙，逢到农历七月半左右，便显露出如铸如塑的龙眼果，一簇簇、一串串，闪烁着黄金般诱人的色泽。

龙眼，即桂圆，又称龙目、圆眼、骊珠等。明代文学家宋钰白在他的一首《桂圆诗》题句云："圆若骊珠，赤如金丸，肉如玻璃，核如黑漆，补精益气，美颜润肤。"接着又盛赞道："外衮黄金色，中怀白玉肤，臂破皆走盘，颗颗夜明珠。"李时珍更在《本草纲目》中述及："龙眼性平、无毒，主治五脏邪气，安志厌食，久服强魄。"但这般好果，却不易保鲜，因而自古以来，莆田就有将龙眼果制作成龙眼干的传统技艺。明代方志世家何异远在《闽书》中对此有过记载，说莆田"因有龙眼之利，焙干而行天下。"

小时候逢龙眼丰收之年，见村前屋后都是成串丰盈的龙眼，我曾问过大人："这么多龙眼，吃不完怎么办？"大人说："吃不完拿去街上卖了。"又问："卖不完怎么办呢？"大人说："那就做龙眼干了。"我还是不甚明白，继续问："龙眼干怎么做？"这时大人手头正忙，便瞪了我一眼，没好气地说："问这么多做什么？去园顶三叔公的焙房看看就知道了。"

大人说的园顶，离家不足半里，是一块隆起的溪地，它坐落在龙眼林的顶头，故叫园顶。世代以焙制龙眼干出名的三叔公，每年都在龙眼成熟后搬到那里的一间草房里住下，一边忙着收购龙眼，一边又雇请村里五六个壮实的汉子给他做帮手，在一间土格子垒成的焙房里日夜制作龙眼干。那焙房紧邻草房，门面完全敞开，朝向土路，由人进出，十分显眼。

在我的记忆里，园顶三叔公的焙房很少有小孩能进去，因为在焙制龙眼干的日子里，那里忙忙碌碌、进进出出的都是干活的大人，一个个都忙得头上冒烟；若在那边游戏追逐或弹琉璃球，都会被大人叱喝道："还不回去！这里是玩的地方吗？"挨了骂的孩子，只好一溜烟跑了。

但我有些例外，一是我家与三叔公沾亲带故，二是我与三叔公的孙女阿香同在一所小学读书，我头几次去焙房看三叔公焙制龙眼干，就是阿香带我去的。阿香人极其聪明，懂得焙制龙眼干，使我心里佩服得很。记得第一次与她进焙房前，她叫我把鞋子脱了，说赤脚进去反而干净。我一看，果然三叔公和几个正在干活的人都赤着脚。那时年纪小，看焙坑上铺着一层被木耙掀动的龙眼滚来滚去的，散发出一种呛人的姜黄味，有些受不了，便不觉得有什么好玩的，但阿香却在旁很认真地告诉我："你要用耳朵听龙眼滚动的声音，听久了，听熟了，以后就知道什么时候龙眼干已制作成了。""啊？用耳朵听就知道龙眼干什么时候会熟？"这有些神奇。但我哪里听得懂，倒是看见三叔公用手抓起一颗龙眼，在手里搓揉了一会儿，又放耳旁摇了几下，也不知他听出了什么，只见他一边吩咐手下的伙计把火加大一点，一边又领着另一个伙计开始翻果。折腾了半天，又拿起一颗龙眼在耳边摇着，一会儿说："加火！"一会儿说："翻果！"好一阵，脸上才现出几分神秘的笑意。说实话，直到多次去过焙房，到后来自己也不觉长大成人了，才真正悟到三叔公手摇龙眼听声的奥秘：原来龙眼在经过几次完全掌握火候的烘焙后，从外表看还很难判断内部肉质是否成形，这时得不断地挑拣一些颗粒，以手摇的方式放在耳边聆听，并以火候、天时为依据，以龙眼内核滚动的声音为准绳，确定龙眼干制作成功与否。阿香后来还告诉我，其实那也是一种平常人听不清、道不明的声音，只有像三叔公这些极富经验的焙制人才能听得出来。我也几次尝试去聆听这种声音，觉得传到耳畔的，隐约像雨打芭蕉的声响，又像管弦丝竹断续的余音；有时候，听上去感觉是一粒黏土在蠕动，又像田野里倏然滑过的一声布谷的叫鸣……最终，啯嗒一声，正是龙眼干内质发出的成形的声音。

话说回来，在三叔公焙制龙眼干的园顶走动，印象最深的是三叔公手上的老茧，两只手起绽的茧子起码有六七个，一个个又粗又大，但正是那样的一双手，却能敏捷地抄起剪刀，剪下梗长仅有一毫米左右的龙眼粒，又以手捞沙，渗入鲜果中，左右拌搅，上下翻动，使果皮变得光滑溜圆；还以手细致地测温，在热烘烘的焙床上东测西量，使手心手背完全被粉尘和姜黄涂抹，像一块残破的烙饼；有时，长期摩挲的手甚至鼓起血泡……那时我就不由得想道：这世上的人，当他们品尝着甘甜的龙眼干时，有多少人懂得那制作过程中一长串繁复而艰辛的技艺？都说“兴化桂圆甲天下”，那外观圆润且富有营养的龙眼干，一粒粒，一袋袋，其实凝聚着像三叔公这样一代传统手工制作人，多少淳朴的智慧和汗水。

时光的脚步匆匆。去年夏天，我应约回乡采写龙眼干传统的制作技艺，再次见到了儿时的玩伴阿香，好像只一转眼，曾经年少的我们都已添了斑白鬓发。叹了几声，聊了许久，话题还是集中在已近失传的正宗龙眼干焙制门道方面。在我的要求下，阿香带我再次来到了园顶。此时的溪边园林，一片寂静。当年的草房和焙房早已不复再见，三叔公也在多年前离开他挚爱的土地，令人格外怀念。值得欣慰的是，溪畔仍栽种着一片新老交替，繁茂绿翠的龙眼林，午后的阳光穿不透浓密的叶子，只筛下缕缕半透明、半淡紫的薄光，轻灵如纱，恬淡如烟。我们在林中走动着，话语仍离不开三叔公。阿香说她祖父一生辛劳，专心技艺，诚恳待人，尊天守地，三乡五邻的人都敬重他。陡然间，我们还想起他说过的一句话：“脚下只有沾泥，手上才有事做。”这朴实的话中深藏的含义，是多么叫人深思。

再次打开有关龙眼干传统制作工艺的话题，阿香脸上似浮出一丝苦笑。她说：“现在不比从前了，不少人用工业化的生产方式制作龙眼干，虽然解决了市场需求，但你也知道，龙眼干的精品出在手工定制啊，用你们作家的话讲，那是一种有情感，有心思，还有温度的制作方法呢！”我点点头，眼前不禁又浮现出当年三叔公焙制龙眼干的情景——

剪果：暑天时，摘下充分成熟的龙眼，用特制的弧形果剪，把果粒从果穗上挑剪下来，每一粒的留梗长度只在一毫米左右，分拣装入竹筐。

浸水：将装着龙眼的竹箩放在流水中浸泡洗尘，约一刻钟后把竹箩提起，小心轻放地上。

摇笼：把洗净之果倒入特制的摇笼（全部是竹编，两头肚大，中间腰小），每笼装果七八十斤即可，再掺入半斤细沙，4两姜黄，把摇笼架在树干或木架上，由三叔公和另一人各抓住两边摇柄，开始上下左右对摇，使果实在笼中翻滚摩擦。约一个钟头，见果壳渐变棕色即停。此种方法也叫沙摇，能使果皮变得光滑圆润，便于焙干。

烘焙：把摇过的龙眼果倒在焙坑上，用板条分隔，分上、中、下三层。三叔公一声令下，焙坑下开始点火，燃料以木炭为主，或用龙眼树干辅助。火势全凭眼睛细察，温度须以双手测试。烘焙8个小时后，把干果翻动一次，之后再添火，烘烤5个小时左右，闻香味浓淡适度，摇果核响声轻重，才适时起焙。

再焙：待起焙龙眼干全部变凉之后，重新倒入焙坑再次焙烤12个小时，再起焙。此时剖开果壳，见果肉均呈栗褐色，尝之，香甜可口。

整个过程，大约需要3天。这3天内，五六个人轮班值守，但三叔公每隔2个小时左右都得入房观察，检查火候，手测温度，闻嗅果味，时时不敢掉以轻心。这期间，火势腾挪的声音，果壳碰撞的微响，烟与姜黄的气味，糅合着，飘散着，四周似乎也氤氲着白色的雾气，显出了几分迷蒙和神秘。直到龙眼干装入一个个木箱运出时，所有的人，脸上才会露出灿烂的笑容……

想到这的时候，恰好溪边有一阵凉风吹过，一下子把我从回忆中拉了回来。阿香笑着对我说："你怎么啦？想起过去了？"我叹了口气，说："是啊，我在想着三叔公当年焙制龙眼干的情景，一晃多年了，时间过得太快了！"

是啊，岁月流转，但总有一些人、一些事令我们依旧萦怀。只是眼前这一片果林里，倒显得格外静谧和淡定，好像什么事都不曾发生过。

朱谷忠，原名朱国忠。中国作家协会会员。著有《乡野情歌》《红草莓的梦》《朱谷忠散文选集》《走八闽》等10多部。现为福建省作家协会顾问。

烟火气的葱兰（散文）

◎欣　桐

似乎季节的更迭，常常是一种植物开花，或是从一片落叶开始的。

绵软的秋风，吹得路人已换上了薄衫子。今年秋的信使，仿佛是窗台上的那三盆葱兰。几时葱兰悄悄地开了，一朵两朵三朵……顶着洁白的花瓣，长长的茎就是叶，风中摇曳的小花，一开就簇拥成团，映在已有锈迹的铁栏杆上，远远地看，如同一幅剪影画。

葱兰是一种生存能力极强的植物，不仅耐旱还抗高温，所以，在南方的海岛，葱兰成为乡下石厝人家的一种日常——初秋时节，围墙上、院角边、水井旁，甚至废弃的老厝旁都会开满花。可能是一个缺角的陶罐，破了的搪瓷盆，或是一个塑料桶，这些都是栽花的容器。

有一回在乡下看到一户人家门口，居然用石臼栽了葱兰，那笨拙的石臼本是海岛人家，遇到节气时用来捶打地瓜制作美食“时来运转”的工具，乡下人家都搬到城里去了，这石臼上的葱兰，可能是屋主人当作药用栽种的，因为，在海岛上葱兰是治疗小儿惊悸的良方。

乡村的主妇们是生活的实践家，她们可能不懂这种植物的名字，在乡下都称它为“惊风草”。葱兰别名叫“玉帘”，能成为一味中药，因其性苦，具有平肝熄风，镇痉止痛的作用，主要治疗小儿惊风、疳热等功效。

所以，在渔村，盛开的葱兰，更多时候并不是用来观赏，而是源于生活所用。

如果谁家的小孩惊风了，为了快速降温，邻里乡亲往往就会在自家花盆里摘几根“葱花”，煎水，加一点糖给小孩喝下，然后再用新鲜的葱花捣碎成汁，在小孩的太阳穴上揉搓，在汁快干的时候换新的，很多病恹恹的小孩就这样变得活蹦乱跳了。

这个时节，走在平潭渔村，葱兰如同地瓜和花生一样普通，种子落在哪，就在那里生根繁衍。很普通的植物，似乎很难唤起人们的注目，唯有一些爱美的女生，肯为她停留脚步。

葱兰或许是寂寥的，就像走在雕栏玉砌的大观园，跟在凤姐儿、宝哥哥、林妹妹、宝姐姐后面的一串小丫鬟，忙忙碌碌却没有什么存在感。只是定睛一看，倒也有很多聪明伶俐、细眉细眼、容貌不俗的姑娘，嫁个好人家应该是个会过日子的巧妇，就像备受凤姐赏识，伶牙俐齿的小红吧。

小红是贾府管家林之孝的女儿，怡红院的三等丫鬟。

在《红楼梦》中那么多的丫鬟，小红与贾芸是一个最美好的结局，他们的爱情不是镜中花水中月，是建立在谋生的基础之上，二人都是先谋生，后谋爱。芸红二人，一样来自底层，一样挣扎着向上，一样被异样的眼光冷观，一样充满着追逐凡世的热情和生命力，爱情的种子必将在他们务实的努力下蓬勃生长。

葱兰或许和芸红二人一样谙知生存的道理，只需一点土壤，几缕阳光，无须打理，花期一到，它就静静地开满了花，因为有实用的中药之效，成为乡村驿路让人心生爱怜的植物……

晚上下起雨来，我走在窗台前，凝望着雨中翠绿的葱兰，有些恍惚，离开家乡数十载，童年时我曾在老家的院墙边种过好几盆葱兰，与童年挚友小芳和三妹一起种下的，匆匆几十载，每个人的生活都经历了风风雨雨，我的朋友可还像年年绽放的葱兰一样安好？

当相思树的花开满这十月的小城里，这样的夜晚，独自一人在家，我把葱兰的故事写在素白的纸上，想念故乡，还有老父老母……有些惆怅淡淡袭来，愿明年葱兰花开时，我能回故乡，与他们一起，呷酒摆龙门阵，于夜色中细细诉说曾经关于葱兰和光阴的故事……

孤兰生幽园，众草共芜没。虽照阳春晖，复悲高秋月。

飞霜早淅沥，绿艳恐休歇。若无清风吹，香气为谁发。

偶然读到李白写的一首诗，名为《古风·孤兰生幽园》，这写兰的孤寂，似乎来得太伤感，根本不像是那个豪放不羁的李白所写。原来，此诗大约作于李白应诏入长安的第二年秋天，此时由于高力士等人的挑拨污蔑，唐玄宗开始疏远李白，从而使李白渐渐感受到冷遇的凄凉。

或许，李白也如我一样，在流浪的岁月里，在秋风乍起的驿馆里，怀念起故乡的兰花……而他的故乡在四川，也是我的故乡……

欣桐，本名余小燕，中国作家协会会员，鲁迅文学院福州研修班学员。平潭时报社专副刊部主任，平潭作家协会副主席。著有散文集《指尖起舞》《萤火流年》《坛中日月长》，平潭民俗文化专著《行走海坛》《海坛掌故》《平潭行旅》等。

故乡啊，以及故乡的事物（诗歌）

◎（加拿大）宇　秀

故　　乡

故乡从来没在故乡里
你的名字来自远离，在于浪迹
在够不到你的地方能够触摸到的你
是一截从祖父门前掘出的
支撑着异国他乡咖啡桌的根艺
尽管已被扭曲，我却一眼认出你
那剥了皮的身体

一把木椅

这把木椅
二十年前与我一起跨洋迁徙
在张皇无措的异地
贴着它的背脊，坐在它的怀里
就是搬来的故居
不知不觉就坐进了落日。冬的黄昏

闭目，垂首
窗外起风，冷雨零落
一只麋鹿从我破败的身体出走
去童话里复活

森林的涛声在皮囊的虚空里回荡
像故居的穿堂风击打高墙的寂寞
没人知道
只身空谷的羊在寻觅来时的路
就像没人知道午夜里一把木椅
想念着树

清　　明

1

那天，外公在墙上看他的女人
捣新鲜麦叶汁搓一笼青团供在面前
今天，我想给外婆也供一笼青色的祭奠
可到处在卖人工色素，我找不到外婆的麦田

2

我不要和阳光在一起不要和星星在一起
我要和四月的雨在一起，抵达你
你的门从不上锁，你知道我总弄丢钥匙
此刻啊，我就蹲在世界的门外哭泣

端　　午

粽叶浸在木桶的那夜
雨侧着身
不停地敲打窗门
直到另一世纪的端午

在异乡的涛声里回味
奶奶的粽子
无论甜咸
皆是离骚的味道

中　　秋

中秋里的事物
总是被借来象征或隐喻
比如月亮和桂花，比如石榴和酒
无论凉热，都是年复一年咏叹的诗
无论红白，都是秋风箫声里的花间词
只有月饼太实，即便装在
比裙子更美艳比蕾丝内衣更销魂的
盒子里，也还是给人咬给人嚼的东西
不像诗那样让你在意境里流连
在词语的张力中惊颤

不过家人不要象征不要隐喻不要朗诵
他们要实实在在可以咀嚼的
豆沙也好枣泥也行
双黄五仁冰皮都可以，要是有
新鲜的酒酿或鲜肉的就更合心意
其实，父亲的牙齿早已松动
母亲的舌头也麻木迟钝
他们只是要吃一点点意思
可我偏偏隔着太平洋送不过去那点意思
只好在电话里跟他们说举头望明月
——天涯共此时

可我怎么忘记了
父亲早已失聪
失忆的母亲更不知今夕是何年

折　　扇

当秋寒逼退了暑热
那小桥流水宫廷仕女三山五岳长江黄河万里长城
那女娲精卫哪吒悟空红楼宝黛蜂舞蝶飞鸟语花香
……
五千年博大精深，五千年曲折传奇
连同风，一起统统被折叠起来
如画江山，娇羞美人
皆收藏于抽屉某一角落

待来年打开，谁见那江山美人摇动的风物
竟是一把骨头撑起的水墨

远　　方

灵床像舞台，搭在弄堂最深处。
没有清唱，没有水袖，也没有锣鼓。
白云垂在她额头等候帽檐上刺绣的蝴蝶
飞出来点缀天空的孤独。

穿着红衣似要上轿的新娘。
她的新郎等在世界以外的一个地方。
满脸皱纹弯弯转转犹在数落
遗失在乾隆的肚兜和香囊。

一双绣花鞋是三寸金莲的原配。
此刻，再也不担心染上风月堕入江湖。
把生前的秘密结结实实纳入鞋底。
那细细的针脚谁来解读？

她说远行的鞋不用踩到地上，
纳鞋底的线必须长到她要去的天堂。
从那时起，弄堂深处有个女孩开始想象
那弄不脏绣花鞋的远方。

初　　夏

温哥华的太阳
和老家的很不一样

老家的，满当当都是奶奶的慈祥
一大早笑了，就一整天眯眯地笑着
温哥华的，是个爱耍性子的情人
说变脸就变脸
都入夏了，还这样

百叶窗，把太阳
放送的光芒分成一行行貌似单纯的诗
任由它们晴一句阴一句地表白
但凡某一句太过明亮
阴影就尾随其后，构成暧昧的意象

这个初夏，还没添一条新裙子
只添了些白发与瞌睡
这些瞌睡一闭眼，就跑到老家的太阳底下
买糖人，跳皮筋，把扑克牌里的
大小鬼都抓在手上

童　年

小时候的年
是一家人围得满满的圆台面
是沸腾的砂锅里轧闹猛的蛋饺和肉圆
是奶奶刚刚捂熟的桂花酒酿
是红豆沙馅的香糯八宝饭

小时候的年
是放在枕边的新裤新袜新衣衫
是刚刚咬断了线头的纽扣眼
是妈妈纳在新鞋底上的细密的祝愿
是鲜亮的蝴蝶结扎出的羊角辫

小时候的年
是除夕夜的炮仗铺就的红地毯
是红灯笼映着的笑脸和春联
是可以买本小人书再加场电影的压岁钱
是没有功课也没心事的那一天

小时候的年啊
是邻家阿哥画在我手腕上的时间
睡一夜走一圈总是回到同一个点
以后时针兜了千万圈也走不出那个圆
不管猪马牛羊龙虎蛇鼠兔狗鸡猴什么年

最好的年是童年

下午，有这样一件旗袍

喝了一下午普洱，读了一下午诗
比中药还浓的普洱啊，比轻云还轻的诗
两者结合便是一个下午的奢侈
一些愿望很简单，比如为了刮掉肚腩的油脂
旗袍在衣橱里等着。囫囵

弹着德彪西，这个法国人
让她的长发甩出狂风。如稻草挽了结的脐带
脱落的瞬间，一颗完美的纽扣诞生
谁还想起母体的遗物
少女仗着德彪西释放荷尔蒙，我不再犹豫

拯救那件寂寞在衣橱里 N 年的旗袍
那身母亲还不是母亲时候的妖娆
在瑜伽垫上把自己叠成青蛙，试着微信流传的
体操。所谓下午就总是有些没事的事
旗袍在衣橱里等着。怀过了

胎儿的肚子像个被撑大了的米袋
再也不能复原。想去问母亲：最后一次脱下
旗袍的玉体留给了哪一面镜子

母亲不语。阿兹海默盗走了她所有记忆
我在瑜伽垫上，一遍遍折叠自己

午后的睫毛垂于万物眼帘，没有目的地的云
滞留空中，萱草和木槿花打着盹儿
无聊的脂肪在瞌睡里堆积。囡囡在黑白键上
把天堂花园里的风还给德彪西
谁又能把浓茶还给普洱，把母亲还给旗袍

当普洱喝长了一段暂且，当诗读短了一声长叹
唯住过身体的虚空吊在时间里
她的姿态比生命更久远

宇秀，祖籍苏州，现居温哥华。文学、电影双学历。《南方周末》《高度》以及《她乡》周刊（加拿大）专栏作者。做过大学教师、电视记者、编导、独立制片人、报刊编辑等。著有散文集《一个上海女人的下午茶》《一个上海女人的温哥华》，诗集《我不能握住风》《忙红忙绿》等。曾获“中国电视奖”、第13届叶红全球女性诗奖、第40届中国时报文学奖新诗首奖、“2018年度十佳诗集”奖、“2018年十佳华语诗集”奖、“2019年度十佳华语诗人”称号等。

文汇 · 短篇小说

飞翔在枪口下的鸽子

◎ 林朝晖

枪口对着枪口。

喷射愤怒火焰的眼睛对着阴冷的眼睛。

眼里喷射愤怒火焰的人名叫张和然，他是八路军二十一骑兵团二排排长，他面对的是一个日军军官。

张和然对日军刻骨仇恨是有道理的。前些日子，他的家乡被日本鬼子占领了，他们开始疯狂的烧、杀、奸、淫，张和然的新婚妻子刘丽芳长得如花似玉，自然逃脱不了日本鬼子的魔爪。日本鬼子冲进他家的时候，刚烈的刘丽芳突然拿起剪刀猛地扎进自己的颈部，殷红的鲜血染红了大地……

当获悉自己的爱妻因为不愿遭受日本鬼子的凌辱而自尽的消息后，张和然眼里没有泪水，只有对日本鬼子刻骨的仇恨。在随后与日军的多次战斗中，他冲锋陷阵，奋勇杀敌。有一回，张和然在战场上与一个面目狰狞的日本鬼子拼刺刀，张和然的肠子被他的刺刀挑了出来，但张和然并没有倒下，他只是退后两步，把肠子塞了回去，继续与日本鬼子拼刺刀，那个日本鬼子被张和然这气吞山河的气势镇住了，他的手一软，便成了张和然的刀下之鬼。

那回战斗结束后，张和然被送进了战地医院，可张和然在医院里仅仅住了三天，伤口还未拆线，就偷偷地溜出战地医院，重返战场，因为张和然挡不住枪声的诱惑，控制不住心里燃烧的复仇火焰。

张和然的这种精神使全团官兵大为感动，张和然归队的第二天，团长就宣布提升张和然为二排排长，当了排长的张和然上了战场总是身先士卒，一马当先。

今天的这场战斗，张和然所在的二十一骑兵团在与日军交战中大获全胜，在战场还没过足瘾的张和然就像猎犬一样四处寻找目标，很快，他就发现有一个日本军官正骑着高头大马朝林荫小道逃跑，张和然便策马追去。

张和然的马越跑越快，日军军官见有人追赶他，便不断狠抽马鞭，期望马儿跑得更快点儿，可他的马儿无论如何加速，也赶不上张和然坐骑的速度。

眼看被张和然追上了，气急败坏的日军军官转身朝张和然射击。

“砰！”一声枪响。张和然头上的军帽被打掉了，面无惧色的张和然毫不理会，继续追赶。

大约追赶两三公里之后，一条河流挡住了日本军官的去路。

见无路可逃，日本军官索性摆出一副决一死战的架势，他横过战马，举起枪对准张和然。

张和然也迅速举枪对准他。

他们就这样在五米开外同时举枪对峙着。

这时候，不知从哪里飞来一只白鸽，白鸽悠闲自在地落在了张和然的枪口之上。

张和然的心里有点儿急，但还是沉住了气，他的枪口仍对准日本军官的脑门。

日本军官也举枪对准张和然的脑门，他的手臂纹丝不动，看得出他已做好了最坏的思想准备。

这时候，最悠闲的就数那只白鸽了，它展开自己洁白的翅膀，让自己的身体最大程度地享受着阳光的滋润，它那无邪的眼睛看看张和然，又瞧瞧日本军官。许是看出了什么端倪，它从张和然的枪口之上慢悠悠地飞到日本军官的枪口之上。

这一刻，张和然发现日本军官的额头开始冒出冷汗，手也微微颤抖。

白鸽在日本军官的枪口之上停留几秒钟之后，飞走了。

日本军官的视线慢慢地从枪口上移到了白鸽的身上，当白鸽的身影从他眼前消失时，日本军官终于沉不住气了，他用生硬的中国话问："请问尊姓大名？"

"张——和——然。"张和然故意拖长话音，以期镇住对方。

"我叫桥本三郎。"日本军官用柔和的声音说道，"我们互放对方一条生路，然后，像白鸽一样自由自在地飞翔吧。"

张和然说："你想要活路可以，放下武器，投降吧！"

日本军官说："我枪里还有三发子弹呢。"

张和然说："我的枪里只有一发子弹了，可这是一发要你命的子弹。"

日本军官又说："如果我们同时射击，意味着一起死亡，你难道不怕死吗？"

张和然说："因为我的心已经死了，所以我不怕死。"

日本军官困惑地问："此话怎讲？"

张和然说："我的妻子因为不愿受日军的凌辱而自刎，听到这个噩耗，我的心头燃起了复仇的火焰，我愿意以我的血换你们的血，为我的爱妻祭奠。"

日本军官听了张和然的话，身子微微一颤，他说："死，对我来说并不可怕，可我得为妻子和儿子考虑，他们离不开我。"

"那你赶快放下武器。"张和然把枪顶到日本军官的下巴颏上。

日本军官也不甘示弱，也把枪顶在张和然的额头上。但张和然一点也不怕，因为张和然的气势已经彻底摧毁了日本军官的意志，对于他来说，投降只是时间的问题。

果然，没过几分钟，日本军官顶在张和然额头上的枪开始微微颤抖，紧接着越抖越厉害，最终，他放下了手中的枪，并缓缓举起了双手，他的嘴里喃喃自语道：“我投降，我投降！”

押送路上，桥本三郎用并不熟练的中国话对张和然说，他从东京大学毕业后不久，便成了家，结婚一年后，被征集到部队。说心里话，他并不喜欢打战，但在当时日本国内狂热的对外扩张思潮下。他的思想根本就没有市场，尽管不愿意，但他还是被征集进了部队。他清晰地记得当他登上开赴前线的火车时，妻子抱着刚满月的儿子到火车站为他送行，当他登上火车时，妻子朝他声嘶力竭地喊：你一定要活着回来，我和儿子在等着你！

桥本三郎说到这里，眼里涌动着泪水，他控制住自己的感情继续说道，侵华战争打响后，他参加了战斗，因为他的文化素质比较高，很快便升为军官，但他心里却厌倦了战争，他希望战争早点结束，好让他重回妻子和儿子的怀抱。

桥本说到这里，蓄在眼里的泪水终于流了出来，此情此景深深地触痛了张和然的神经，使张和然对桥本三郎产生了怜惜之情，有一段时间，他甚至曾有放他一条生路的想法，但张和然最终还是理智战胜了感情，把桥本三郎押回他所在的部队……

花开花落，转眼间，已到了21世纪。这时的张和然早已从工作岗位上退下，离休在家安度晚年。

一个阳光灿烂的日子，张和然正坐在阳台上看一本哲学类书籍，冷不丁听到敲门声，张和然的老伴把门打开。门外立着一位满头银发的老人，张和然一看那张脸，就觉得自己与这个老人打过交道，至于在何处，张和然已经记不起来了。

老人问：“你叫张和然？”

张和然点点头。

老人的眼里涌动着泪水,他用含糊不清的话说:“我叫桥本……三郎。”

张和然一下子怔住了,透过时光的隧道,眼前这位满脸皱纹的老人与60多年前年轻英俊的桥本三郎的脸贴切地吻合在了一块。

两个老人紧紧地拥抱在一起,桥本三郎显得非常激动,老泪纵横的他说起了寻找张和然的经历,他说他这些年一直在寻找张和然,经过多方打听,终于知道了张和然的下落。

张和然困惑地问道:“我们是战场上的仇人,你为什么一直找我呢?”

桥本三郎说:“我找你当然有我的道理。”

张和然笑了笑:“当初俘虏你的时候,我的手枪里其实没有一发子弹,如果有子弹,我可不愿跟你啰唆那么多的话,早就一枪结束了你的性命。”

桥本三郎也笑了笑:“当初如果不是那只不知从哪里飞来的鸽子落在我的枪口之上,我已做好了与你同归于尽的心理准备。”

“一只白鸽会改变你的想法?”

“说出来你也许不信,我的妻子特别喜欢养白鸽,我们家养了很多白鸽,我当兵的那天早晨,妻子早早地放飞了家里的白鸽,她说我也会像白鸽一样平安归来。”

“这么说鸽子还是我的救命恩人了。”

桥本三郎点点头:“不错,鸽子是你的救命恩人,可你是我的救命恩人。”

桥本三郎说罢,停顿了一下,又开始了叙述——

桥本三郎被关进监狱时,原先所在的部队,在日本政府宣布战败后,集体剖腹自杀。而他因为关在中方监狱里躲过了这一劫。作为一名罪行较轻的战俘,桥本三郎没关几年监狱,就被释放回日本,他是他所在的部队唯一活着回去的军人。他的妻子在他回家的那天,放飞了家里养的所有的白鸽……

桥本三郎说到这里泣不成声。

张和然也流下热泪。

那天晚上，张和然在家里设下盛宴招待远道而来的桥本三郎，两个经历过战争洗礼的老人成了好友。桥本三郎告诉张和然，他现在的日子过得很美满，夫唱妻随，子孙满堂。虽然日子过得很甜美，但他心头却有一个伤疤，每当他想起他的战友都已撒手归天时，他心头的伤疤便隐隐地痛，战友们英俊潇洒的脸蛋便真实地浮现在他的眼前。

“他们都只有20岁左右，美好人生才刚刚开始呀。”桥本三郎眼里涌动着泪水，“只有经历过战争的人，才最痛恨战争。现在我是日本国内反战积极分子，每次反战集会，我都要在会上发表讲话。”

那天，桥本三郎在张和然家里住了下来，他们成了无话不谈的好朋友。在张和然家住了几天后，桥本三郎回到了日本。

两年之后，桥本三郎患肺癌死亡，噩耗传来的那天，张和然的眼里老是晃动着一群一群白鸽在蓝天白云间自由飞翔的情景。

林朝晖，现供职于福州市文联。中国作家协会会员，发表军旅题材作品100多篇，曾有中篇小说被《小说选刊》《小说月报》转载，出版小说集《英雄的走向》，长篇小说《心结》《飞翔的白鸽》《我的兄弟我的兵》《寻找红军爸爸》等。

静静的海风

◎ 林福平

当车子开到老城区，导演卫国就跟司机说：“我就在这里下车。”

司机一脸疑惑：“你不去酒店？”

卫国本想说就在老城区找个地方住一晚，但从嘴里说出的话却是：“我要去老街找个老朋友聊聊天。”话一出口就把自己给吓了一跳，可接着又是一句：“老朋友多年不见不知会唠叨到几点，你明天上午10点左右到这里来等我。”

司机点了点头就把车子掉个头往竹屿湖方向开走了。等车拐进了海底路卫国才莫名地笑了一下，然后提着沉甸甸的大皮包走向老城区，当走到街口，他抬头看了看在暮色里的老街——真有点吃惊，这默默无语的老街却呈现出欲言又止的神态，他也欲言又止——可最终还是要安慰自己似的在心里头说道：“今晚住在这里是对的，是对的。《鹭岛硝烟：1841》里的主人公原型和他的亲朋好友，还有街坊邻里，都曾生活在这个老街区里，他们的气息还在。”说完又觉得老街应该对他说：“你是对的。”于是又莫名地翘了翘自己的嘴角。

卫国的选择无疑是正确的。这里是南街，曾是清朝至民国的中心城区，但在民国的某任有为的县长手上改建过。他扫了一眼街两旁破旧的红砖骑楼，想起了剧本《鹭岛硝烟：1841》还需要商榷的开头：

郁郁寡欢的池水仿佛有了怒色，扶风的弱柳也有了刚强，姜武在这个清冷的早晨突然觉得这里的凄婉景致竟然不再让他伤感。自从心仪的娟子去了北方，她微凉的素衣和明亮的眸子都跌宕成了梦中的泪痕。可就在昨天，校长的一番激昂的演说，居然把一个沉闷的下午给点燃了：“我们海坛岛是个出将军的地方，闽浙粤台各主要军事要塞均有他们矫健的身影，他们中不仅有戍台虎将，更有为国捐躯的英雄人物。由于清朝无能导致甲午年战败割台，九一八又丢失了东三省，如今抗战已全面爆发。我辈怎能熟视无睹！现在全国各地抗日情绪高涨，许多青年纷纷加入了北上抗日的队伍。为国奔波为抗日出力，已成为时代潮流。你们尚未毕业，但一样可为抗日出力。想想出生在这个街区的姜总兵在鸦片战争中的英勇事迹，就会明白抵御外侮是海坛儿女的光荣传统，也是一种责任！”说到这里校长似乎感到胸中有烈火在烧，他转身向北并把紧握的右拳紧贴在左胸口上。

这时空气似被凝固住了，大家屏住了气息。许久，满脸通红的校长突然转身向着台下高声喊道：“我宣布：从明天起全校师生开始军训！”

想到这里卫国摇头道：“不如直接从1841年开始叙述，最后在片尾简述一下姜总兵后代和他的同学在抗日战争中的事迹……姜武的同桌牺牲了……做谍报工作的娟子本可再遇姜武，但因出了叛徒，她在烧掉文件砸毁电台后拉响了手榴弹与冲进来的日军同归于尽……姜武成了让日军闻风丧胆的游击队队长……后来……后来……”正想着，他看见前面不远处有一座旧式旅馆像个穿件旧长袍的说书先生站在老街边上，就加快了脚步。

卫国终于在一家老字号旅馆住了下来，当他闩上有点松动的木门，刚才木楼梯咯咯叽叽的声音似乎还在耳中响着。他擦了把脸，刚把瀚辰公司提供的剧本《鹭岛硝烟：1841》摆上桌子，就突然停电了。正着急着，旅馆老板已经打着手电筒亲自送来蜡烛并致歉道：“老街区正在进行保护性改造，最近偶有断电，不巧被你碰上了。”

蜡烛点上了，旅馆老板看了看桌子上在烛光里时隐时现的电影剧本《鹭岛硝烟：1841》，说道：“原来你们是来拍电影的，早听说了。鹭岛是厦门，你们要拍的是1841年的厦门战役，这个事这里的人都知道。当年战死的姜总兵的故居就在前面拐弯处，可惜早就拆没了。不过有个纪念馆。”

卫国由于疲倦再加上脑子里有点乱，竟不知该说什么，只是点点头。

当店老板踏着咯咯叽叽的楼梯下楼后，卫国就盯着广口瓶里插在晶莹透亮的沙子上的蜡烛发呆——虽然瀚辰公司一再强调《鹭岛硝烟：1841》是个极好的题材，但在卫国脑子里，姜总兵的故事，就像眼前飘忽不定的烛火，很难把握。编剧接了个很急迫的任务就急匆匆地离开了，就把这个半拉子的剧本丢给自己。哎——题材虽好，但资料难找，随着火苗的抖动，卫国的思绪也摇摇晃晃地随着升腾泛开了——

姜总兵是一位在第一次鸦片战争中战死于厦门的清水师高级将领，在他的家乡海坛岛是位名气很大的历史人物。准确地讲他是清朝在这场战争中战死的第二位高级将领。第一位是战死虎门的广东水师提督关天培，官阶从一品。他是清水师金门镇总兵，官阶正二品。

姜总兵出生在海坛岛，自20岁加入海坛镇水师后，历任海坛镇水师把总、千总，厦门水师守备、都司、游击、参将，台湾水师安平协副将、福建水师闽安协副将和广东水师南澳镇代总兵、福建水师海坛镇、金门镇总兵等职。

这个剧本充其量只是个大纲，在大纲的空白处密密麻麻写满了各种补充内容，让人眼花缭乱。经反复比对，才发现这些资料分别来自台湾、福建和广东等处……

经过一上午的苦心核对，让卫国一想到姜总兵战死的情景就会口干舌燥。这时，他抓起放在桌上的水杯喝了一口，然后又翻开剧本借着烛光继续读取那些夹在字缝里的补充内容——

求和心切的道光皇帝，为了让英国人放心，特意加重了对林则徐、邓廷桢等主战派大臣的惩处。趁此机会英军抓紧为第二次北上作战做准备，当一切准备就绪后，就立即发动闽浙战争。1841 年 8 月 21 日英军再次北上直犯厦门……这是一场败得很惨很悲壮的反侵略战斗。事情的来龙去脉是这样的：邓廷桢于道光二十年九月初三（1840 年 9 月 28 日）被撤职查办后，新接任的闽浙总督姓严，这位严总督也是主战派，他接旨后一路风尘仆仆于 1841 年 2 月中旬到达福州任所，然后又马不停蹄地赶往厦门……

看到这里，卫国的眼前就出现了如下画面——

这个严总督顾不上领略福州的繁华街市，也未拜访三坊七巷，更不用说去登临石鼓名山了，只稍加休息就拖着肥胖的躯体急匆匆地赶往厦门。他为什么要赶往厦门而不驻守福州呢？他以为福州城虽临江而居却有闽江口两岸的炮台钳夹水道，易守难攻，而厦门英舰队则可直接逼近进行炮击，是英军进攻的主要目标，所以他当机立断直奔厦门……

想到这里，卫国又把目光转向剧本，补充材料又写道——

严总督 3 月初到达厦门后，前后历时 5 个月耗白银 150 万两，共造战船 50 艘，铸大炮 1000 门，建炮台 3 座，还新招海军水兵和陆战兵员共 8000 人。由于广东水师提督关天培于 2 月 26 日战死虎门，朝廷于 3

月 21 日下旨升金门镇总兵窦振彪为广东水师提督。后因爱国将领新火药研制专家福建水师提督陈阶平年高并患有足疾致休还乡，窦振彪又于 3 月 26 日改任福建水师提督移驻厦门。他升了，拱卫厦门的金门镇又缺位了，严总督突然想到了受邓廷桢重用的驻守在海坛镇的姜总兵，于是就上奏朝廷调其改任金门镇总兵……

看到这里卫国的眼睛有点酸涩，于是就闭上双眼冥想了起来——

这奏折圣旨一来一往已过了端午节。圣命不可违，在这个战云密布的特殊时期，姜总兵须即刻赶往金门岛上任。临行前却想到早已过世的姑姑虽贵为二品夫人，但却一生凄苦。自姑丈投笔从戎加入水师有了军功后就常年在外任职，先后在厦门、镇江、瑞安等地任过游击、参将、副将等职，最后病故在温州镇总兵任上。大表哥是位把总 35 岁就病死在闽安水师协，二表哥任千总，也先于姑姑病死在台湾安平水师协，四表哥是海坛镇外委千总，也早已病逝，四位将门之后又先后加入水师的表哥，如今只剩下任澎湖水师协副将的三表哥。最令自己伤感的是自己的发妻也就是自己的二表妹，多年前就抛下自己撒手西去，她可是姑姑最疼爱的掌上明珠。想到这里不免感到心中隐隐作痛，自己此番离开海坛也不知何时能归，于是就身不由己地从前门绕出顺着五福街往姑姑家走去，但只走到坡顶不知为何竟又心神不宁地折了回来。待他到了金门方知广州已成和局，英军勒索大笔赔款退出了虎门要塞。关天培提督战死虎门，林则徐、邓廷桢二位大人已被发配伊犁。他感到心中极度不平，似有一团火在喉口燃烧，又觉得有股浊气在胸中乱窜，似乎能听到浑身的筋骨在铮铮作响。尽管如此，他还是全力强化金门的防务……

后来他战死了……他是冲上英军登陆的舢板中弹落水的……当他沉入海中的那一瞬间，还看到半个惨白的月亮浮在天边，觉得自己的脚就像踩在绵软的云上。血还在流，不，是涌出，从胸口处不停地往外涌，他又觉得自己是悬浮着，血也似乎就要流尽了。怎么会如此无力，自己的脸一定很惨白，会和月亮一样惨白吗？皇上为何要撤兵？刚训练好的8000名新募陆兵水勇全遣散了！省费用？大战在即这费用能省得了吗？中了英军的缓兵之计！皇上的衣服上到底有几个补丁？严总督为何要在此生死关头撤往同安？生死关头最需要的是鼓舞士气呀！难道严总督有更深的想法？不想了，想了也不明白。窦提督在此风云莫测的时候怎能带上精兵强将去揖盗？严总督为何不加以阻止。可惜了，陈军门的新火药没有派上用场。炮不如人，火药的威力也不够，只剩有血肉之躯！哎，一切都太迟了！但他又感到很安详，很宁静，作为一个守土之士尽力了，尽心了，只想这样静静地待着。水里很安静，静得可听到低低的哭泣声，哭泣声似近而远，是海在哭泣？再倾心细听，又像是什么乐曲，声音极细但很悦耳。睁眼看去，声音没了，水却变成了五颜六色，很好看。难道前面是东海龙王的宫殿？好像还有座石桥，这桥怎么那么眼熟？那粗大的石雕护栏，分明是自己带头重修的迥龙桥，这座闽安村的古石桥怎么会在这儿？还有座红砖城堡，砖体已经斑驳，还有古榕的老髯长须，又分明是自己驻扎过的台湾安平的“番仔城”，他真的糊涂了。能不糊涂吗？不明白的皇上，不通透的严制台，还有那窦军门，都怎么了？他感到眼前有些模糊，又似乎看到了自己的祖父母、父母、姑姑、姑丈，还有大表哥、二表哥、四表哥，他们都来了，自己的表妹也是爱妻也来了。他们全在前面往自己这边漂浮过来，表妹从后面往前漂浮着，还向自己伸出了双手，她的样子依然是那样的楚楚动人。看到表妹，又忍不住心中一阵酸楚，但没有难过也不会有泪水，只有欣慰。为何不见三表哥？对了，他人在澎湖，有重任在身。他觉得倦了，累了，又像困了，困极了，真想好好地休息一下。身体像在慢慢地变轻，轻得都可以飞扬起来，又觉得有些朦胧了，渐渐地在朦胧中升了起来，往那发着神秘亮光的高处缓缓地升了去……

想到这里，卫国就睁开眼睛，接着又想——

姜总兵奉旨调离海坛时和石壁炮台追敌受伤落进海中的心理活动大抵如此，这个构思可用。想到这里卫导演又起身去读那些补充的内容——

据有关史料和专家学者的论证，这一战的大致情景是这样的：

英军为了扩大侵华战果迫使清廷屈服，在经过充分准备后于 1841 年 8 月 21 日突然挥师北上再次燃起战火。他们果然把首攻的目标选在东南门户厦门岛，这里是福建水师提督驻守地。用现在的话说，厦门不仅是东南门户，而且还是福建海军司令部所在地。8 月 25 日傍晚，英舰队抵达厦门外港后，便乘着涨潮穿过位于厦门岛南侧的青屿海面逼近厦门港。临近的炮台发现敌舰队后就立即开炮轰击，英舰急忙反击，但终因距离太远便很快停止了交火。严总督得报后迅速赶往虎头山进行察看，因窦提督巡洋未归，严总督一面传令所有留守的清军严守各要隘，一面急调金门镇姜总兵前来协助指挥。在福建水师主力巡洋在外，新培训的 8000 名陆兵水勇又因奉旨节费刚被遣散，在这特殊时期，面对着配有 300 多门火炮的 36 艘舰船组成的庞大英军舰队的大举入侵，严总督感到厦门的形势异常严峻。他令连夜从金门赶来的姜总兵驻守在石壁炮台负责指挥左翼防线，他和道台进驻虎头山指挥由屿仔尾、鼓浪屿等炮台组成的右翼防线。

1841 年 8 月 26 日（农历七月初十）上午，天气异常闷热，就连天上的云朵都提不起精神来。当天上午泊在厦门港外的英舰队向厦门守军发出献城的最后通牒，遭严词拒绝后，于下午 2 时左右舰队乘着潮水和西南大风，纷纷扬帆起锚，兵分两路向鼓浪屿与厦门本岛发起猛烈进攻。一路攻的是严总督和道台指挥的右翼防线，一路攻的是姜总兵负责指挥的以石壁炮台为中心的左翼防线。英军利用其火炮射程远、威力大的特点，将舰船驶到清军火炮射程之外，再用多艘舰船集中百余门火炮猛轰一个炮台，进行各个击破。一旦炮台被击毁就立即派出海军陆战队强行登陆实施占领。一个多小时后，鼓浪屿上的三座炮台被击毁了，随即鼓浪屿沦陷，紧接着屿仔尾炮台也被攻破，英军突破了厦鼓海峡攻入厦门港，俘获了泊在港内的清军水师的所有战船。第二路则分为三个方向猛攻姜总兵驻守的石壁炮台，首先利用其射程上的优势用三艘主力舰的火炮正面猛轰石壁炮台，同时派海军陆战队从炮台正面登陆发起进攻；另有一个方向也用三艘主力舰攻击白石炮台，击毁后，英海军陆战队立马实施登陆，并向石壁炮台方向包抄；再一个方向就是派海军陆战队从南普陀附近登陆，从另一方向攻向石壁炮台，使石壁炮台处在三面夹击的危急状态。就在这时，右翼防御阵地已全线崩溃，严总督见情况危急匆忙传令“所有分防各将领等交金门镇姜总兵竭力支持”，然后就急匆匆地带领一批精兵和道台一起撤往同安。本来就打得异常惨烈，这总督一退，军心大乱。不一会儿，水勇先散，紧接着汀州、延平、泉州的几路陆勇皆大溃而去。见此情势，姜总兵望一眼身旁那些已“血肉狼藉”仍在奋力抗敌的受伤炮兵，突然仰天大啸一声便跃出炮台冲进蜂拥而至的英军中去，凡能动弹的士兵均跟随而去。渐渐地身边的士兵一个接着一个倒下了，他追到岸边跃上礁石时，便觉胸前一震就有一股鲜血喷涌而出，但他仍一咬牙跳上正在逃逸的敌舢板，敌舢板拼命地往大船划去，当他举起佩刀向万分惊恐的敌人砍去时，只觉眼前一黑就栽入海中。这一战清军败了，败得无比壮烈。

看到这里导演卫国不知是悲愤还是激动，居然半晌作不了声，过了一会儿，才缓缓举起杯子猛喝了一口，然后又往下看去——

这一战英军损失不大，具体数字众说不一，清军却战死数百人。据记载除士兵外殉难的将领有总兵一名、副将一名、游击三名、都司一名、把总三名。按现在的话说，此一役清军战死的军官有一名中将师长，这位中将师长就是官阶正二品的金门镇姜总兵，他是海坛岛人。此外还战死了一名少将旅长、三名上校团长、一名少校营长和三名上尉连长。这说明了在这场抵御外侮的反侵略战斗中，清军的许多将官都做到了身先士卒、冲锋在前，真是可歌可泣。所以那位曾经慷慨激昂的主战派闽浙总督被革职处理，也就在了情理之中。虽然在广大民众的奋力抗击下英军被迫撤出厦门，但这场异常惨烈的反侵略战斗留给我们的痛苦思考是永久的。

姜总兵因追敌负重伤坠海殉难后，厦门百姓出于对英烈的敬仰，便自发组织起来从落水地点开始沿着海边四处寻找，同时还不断呼叫着姜总兵的名号以召唤英灵，以期姜总兵的遗体能尽快回到岸边来。经这感天泣地的大规模寻找，终于在第三天下午找到了姜总兵的遗体。村民们立即将虽遍体鳞伤仍一脸刚毅的姜总兵遗体，送到可遮风挡雨的草寮里，并为之净身收殓，设灵位进行守灵和祭奠。当姜总兵的灵柩由两位儿子护送由水路运回海坛岛时，岛上百姓倾城出动夹道迎立于城关渡船头。为彰显英烈，道光特颁祭文一道，并派钦差致祭，葬仪极为隆重。

祭文大致意思是：鞠躬尽瘁是臣子应该发扬光大的好事，恤死报勤是国家应做好的大事情。并用“赋性忠直，国尔忘身，御敌冲锋，奋勇阵殁。朕用悼焉，特颁祭葬，以慰幽魂”等词语，对姜总兵“国尔忘身”的精神进行褒扬，表达了皇帝的沉痛悼念。

在以上补充内容的末尾，有一行特意用红笔写下的注释：恤死报勤，说到却未做到。姜总兵的神牌道上勒石诰授武显将军。清朝总兵为正二品，其武阶是武显将军。按清朝战死将领恤典加等的惯例，姜总兵为国捐躯应加等诰授振威将军（从一品）或建威将军（正一品）……这中间必有人从中作梗……腐败……昏庸……

看到这里，愤愤不平的卫国导演觉得在弘扬姜总兵抵御外敌力战牺牲英雄事迹的同时，不仅要再现当时复杂的社会背景，还要揭示当时的官场腐败……这个剧本必须……必须做大的改动……他觉得眼皮沉重，那摇曳的烛火，越来越小，越来越远，像只往远处飞去的萤火虫……

……渐渐地似乎站在一个土路旁，太阳偏西了，天边的火烧云正慢慢熄灭……突然有许多穿着清兵服饰的杠夫，扛着一箱箱行李从远处走来，队伍很长，长得看不到尾……不知谁说了一声，英军攻战厦门，在危急时，怯阵跑到同安的严总督被革职了……又有人说道，这行李有几百杠，轿子几十台，头都看晕了……突然有个哽咽的声音叹息道，身先士卒，力战牺牲的姜总兵居然未获追封、加等，也未入祀昭忠祠……另一个愤恨的声音叫道，如今临阵脱逃被革职的严总督每到一处，都有官员出来接待，单宴席都要摆上百来桌，那个排场吓人……卫国听了就踮起脚跟伸长脖子往来路看去，不知谁猛喝了一声："闪开！严大人就要过来了，你聋了呀。"那人突然飞起一脚踢了过来……

卫国吓得往后一跳，醒了过来，他摸了摸有点发酸的脖颈，又莫名地笑了一下，笑得苦涩。这苦涩犹如海风，静静的……

2021 年 6 月 28 日

林福平，籍贯福清，1956 年出生于平潭，福建省作协会员，动画编剧。有经济论文收入《中国经济文库》。2016 年出版长篇小说《凉凉的月华》，该书被新加坡国家图书馆等机构收藏。

文汇·报告文学

小镇大学梦

◎洪　群

L，你还记得吗？几年前你曾经叫我写一篇金井水城的文章，我断然拒绝了。什么“水城”，那还是造梦者案头的一张平面图罢了，八字还没一撇呢，怎么写？！你懂得的，我从不写违心文章。

没想到，过了不久居然就有人把占地6200百亩的水城，划出六分之一，共1000亩地，于水城城南建起了一座“准”大学——福州大学晋江科教园。须知福州大学办学主体位于福州旗山校区，拥有福州旗山、怡山、铜盘和厦门集美、鼓浪屿以及泉州泉港、晋江等多个校区。总占地7000多亩。而晋江科教园区一下子就占去了1000亩，七分之一。真是大手笔！我想，也只有晋江才如此慨而慷，割地建校，兴学助产。这就是晋江！晋江奔流向海，晋江更有着“海纳百川”的胸怀。

那是2014年6月底，当时我正在关注福建向金门供水工程的进展情况，准备写一篇报告文学。那时由龙湖至金井出海口的输水管道已经敷设完毕，正待接上海底输水管道。而这个出海口恰恰就在福大晋江科教园附近的沿海大通道——那里早已竖起一座高高的牌子，写着“向金门供水出海口”几个大字，赫然瞩目，昭示天下。

我从海底管道工程队队长王金评那里了解到，海底输水管道自6月24日开始敷设以后，已经放了600米（每根高密度聚乙烯管长40米，两根对接）。他说，海底管道要按潮水规律行事，一个潮水放一条管，一天两个潮水，只能放两条管，急不得。所以那几天，我天天在涨潮时分跑到出海口来看敷管船“海洋 8899 号”敷设海底管道。这是个千载难逢的机会，因为输水管道一埋进海底你就看不到了。

此刻，我忽然看见敷管船有一个年轻女子全身披挂，正和一个扛摄像机的摄像在抢拍新闻。一问，才知是央视新闻中心的记者在踏浪猎影，令人羡煞！到底是央视记者，嗅觉灵敏，行动快捷，今天又在围头湾抢到了好新闻！

当时，我一会儿看那艘敷管船渐去渐远，深感慰藉，一会儿又转过头来望着福大晋江科教园区工地上的动静，看到十几台推土机轰隆隆地平整土地，令人心动。那阵势真是很给力！

这两件互不搭界的事，偏偏同时发生在围头湾，你说，这种巧合是不是很有戏剧性！这是喜剧的精彩桥段。可不，一是晋江向金门供水实现了“两岸共饮一江水”的美好愿望，意义深远；一是福州大学晋江科教园破土动工，科教园建成指日可待。该科教园的定位是：产学对接，打造创业乐园。前景乐观，堪可欣喜！

二者异源同流，可谓喜临门，喜盈盈！

如是看来，“布帆筛细风”的围头湾，不仅承载着海峡上空云诡波谲的风云，而且是一个祥云和风的幸福港湾。这，才是它的本真；而这种和平安宁的祥和，恰恰是大陆和彼岸实现“两岸一家亲”的共同愿景。

很显然，这就是福大晋江科教园在此落户的大背景。这种良好的背景必然给人们带来了好心境。人有了好心境，才会有“环境优美”的赏识。当然，环境和心境是相辅相成的，缺一不可。

当福大晋江科教园刚破土动工时，我只能拿大背景说事，不可能拿效果图做文章。而提起大背景，有一件大事是绝对绕不开的——那就是发生在 1958 年“万炮轰金门”的“八二三”炮战。因为福州大学恰恰是 1958 年成立的。刚成立的福州大学校舍还没盖起来就招生，所有新生只得寄在厦门大学就读。开学那天正好碰上“八二三”炮战开打，师生们赶紧躲进防炮洞。炮战最激烈的那个阶段，他们是躲在防炮洞里上课、学习的。第一届的福大学生上的第一课就是大炮的轰鸣，是血与火的洗礼。

……

“1958 年，我国开始进入‘大跃进’时期，以叶飞同志为第一书记的福建省委认为，从长远来看，福建要改变‘一穷二白’的状况，除了抓好农业，还必须逐步发展工业；要办工业，就需要人才。培养人才最根本的办法还要靠自力更生，办本省的理工大学。尽管困难很多，但福建省委的决心很大。省委第一书记叶飞曾经说过：‘就是当裤子也要把福大办起、办好。’福州大学，这所今天已经拥有万名学子的高等学府，就是在这一时期开始筹办起来的。当年和 1959 年招收的头两届学生，就寄读在厦门大学。”（《卢嘉锡传》）

福建省委在筹备建校的过程中，决定请厦门大学物色一位高级教授担任福州大学副校长。不言而喻，这个副校长的人选十分重要，因为他必须挑起这所新生大学的教师队伍的建设和全面抓教学、科研，没有“铁肩担道义”的精神不行，而更为重要的是，他必须是著名的科学家、教育家。

于是，厦门大学理学院院长卢嘉锡教授便成为福州大学副校长的最佳人选。这个副校长非他莫属。

卢嘉锡当年 45 岁，年富力强。他早年曾经负笈英伦，后又转赴美国加州理工学院留学，追随杰出的化学家鲍林，并于 1944 年应聘到隶属于美国国防研究委员会第 13 局的马里兰研究所工作一年，在燃烧与爆炸方面取得出色成绩，获得美国国防研究委员会颁发的“成就奖”。当时美国国防部曾希望他参加原子弹研究工作，因为他们了解到卢嘉锡留英时期就曾从事过核化学方面的研究。但卢嘉锡未予应允，因为他心里明白，一旦进入这个领域，自己就不能和家人通信了，甚至日后难以回到祖国。（参见《卢嘉锡传》）

卢嘉锡自1945年回国后，一直在母校厦门大学任教，在事业上已有相当基础。当组织上找他谈话，要他出任福州大学副校长时，他毅然决然地接受了这个任务。

1960年7月底，卢嘉锡离开厦门大学，乘坐鹰厦线列车北上赴任。随行的原寄读厦大的学生以及部分已从厦大调往福州大学的青年教师，也一道离开厦门“北归”。卢嘉锡夫人吴逊玉是9月才携6个未成年的子女搬家到福州。从此，卢嘉锡开始了在福州长达22年的创业生涯。

卢嘉锡是福州大学唯一的一位中国科学院数理化学部学部委员，也是校领导中唯一的一位著名科学家，肩负着建校中教学和科研的规划与安排等一系列重任。

当时恰逢国家三年困难时期，生活之艰苦、建校条件之差自不待说。后来，卢嘉锡回忆道：“初来时，见到这块闽江之滨、怡山周围的土地上原是一片荒凉，西禅古刹，寂寥无声，给我留下一个‘贫瘠’的印象。建校伊始，住缺宿舍，食无膳厅；教学方面，缺师资，没教室，更缺设备，一穷二白，一切从零开始。尤其碰上60年代初期的暂时困难，粮食定量低，经费短缺，真是困难重重。”

……

L，我之所以喋喋不休地说起福州大学建校伊始的艰难，是因为想让当今的福州大学的莘莘学子（当然也包括晋江科教园的学生们）懂得前辈建校办学之艰辛，和现在的幸福生活来个比较，这对抒写福大晋江科教园不无裨益，你说是不是这个理儿？

当然，咱还是加快叙事节奏为好。

岁月蹉跎，转眼到了1978年岁末，我终于结束了长达几近10年的下放生涯，从闽西调到刚复办的福建电影制片厂编导室工作。突然转岗改行，一切都得从头学起。学习电影的ABC。但是并无人来教我、带我，都得靠自己摸索。领导叫我还是先上剪接台，自己去摇片子吧！去把摄影师拍回来却还没有编出来的胶片摇一摇，从中摸索出镜头组接的门道。那是我第一次接触电影胶片。摇着摇着感到还挺有意思的。小时候喜欢拿着点燃的线香快速挥动着，看着那光点突然变成一条火线，觉得很好玩。这和放映电影道理是一样的，当你把一格一格的胶片快速地摇动（1 分钟 24 格），那影像很快就动起来了，挺有趣的。

有一天，我忽然从一大堆胶片中发现有一小卷黑白胶片，我套上剪接机摇起来，摇着摇着，发现这是一个科学工作者。仔细一看，竟是著名科学家、教育家卢嘉锡！让我惊喜得差点叫出来。我反复摇着那段只有几个镜头的胶片，但见卢嘉锡面对着一个物质结构的模型侃侃而谈，画面无声，不知他所谈何事？而且镜头太少、太单一。一问，才知道这仅是一段素材而已，摄影师拍回来就扔在那里，没人过问，没有人去编，实在可惜！须知当时全国科学大会刚开过不久，科学的春天已经到来，我们对于这么一个好题材居然漠然处之，实在无知！于是我向领导提出来，我要去物构所采访卢嘉锡（他当时早已不当福州大学副校长，调任华东物构所所长），好把这段胶片编出来，做一个《新闻简报》的主题（当时影院放映故事片，通常都要先放一段《新闻简报》）。我的这一请求得到领导的赞许和鼓励。

一想到要去采访一个著名科学家，心里既兴奋又有点忐忑。我是一个科盲，该如何去面对一个著名的科学家，又该如何去和他进行访谈呢？过去虽然写过一些东西，但都是坐在家里闭门造车，是个地道的业余作者。思来想去，还是得走出去，先去见见卢嘉锡先生再说。“不入虎穴，焉得虎子！”我先打电话到物构所，道明要采访卢嘉锡的意图。不料卢嘉锡因病住院，物构所的同志谢绝我的请求。我只好暂时把这事放在一边，静候卢嘉锡康复出院再去拜访。

我想，把这次采访缓一缓也好，好在这段时间里做做功课。我先是搬出一堆从旧书店淘来的《新闻业务》《新闻战线》（1 本 3 分钱），想从书面上向记者们请益，并从中得到启迪。终于在一本《新闻业务》上看到一篇《如何采访名人》的文章，说要采访名人，最好先从外围采访入手，做足功课，最后才去见采访对象。这是一个名记的经验之谈，真是好极了！于是我带着厂里的介绍信直奔物构所而去。出乎我意料，物构所的同志十分热情，他们简明扼要地向我介绍卢嘉锡先生在科研领域里的成就和贡献，并让我抱回一堆资料来看。我花了几天时间，边“啃”那堆资料边做笔记，最后列出访谈内容提纲；接着我又登门造访卢嘉锡夫人吴逊玉女士，从生活侧面了解卢嘉锡的人生经历。卢夫人很热情，她搬出几本厚厚的家庭影集，一边指着那些老照片，一边像谈家常似的向我诉说她和卢先生是如何甘苦与共，相濡以沫，白头偕老。最使我感动的是抗战期间（当时卢嘉锡还在美国留学），生活窘迫，甚至无钱买米，她狠狠心把结婚戒指卖掉去买米……

通过外围采访，我一步步走近卢嘉锡。然后我打电话到医院给卢先生，向他请安，并提出要去拜访他的请求。他一听，欣然应允，并约定某日夜晚在他的病房里访谈。这让我高兴得不知如何是好。我想，他还在住院，居然肯接受我的采访，这种宽广的胸襟真让我感动！我进而又想到，既然他还在住院，那就必须把采访的时间尽量压缩，以免影响他的休息和康复。于是我再次审视采访提纲，并做些修改和调整。

记得我如约来到医院采访卢嘉锡先生，是1979年早春的一个夜晚。卢老似乎没有想到一个电影厂的编辑，居然对他的科研课题感兴趣。他很随和，平易近人，这让我紧张的心情放松下来。我只是后悔没带摄影师来补拍。要不，真可以做成一个纪录片。

我发觉和卢先生访谈，根本不用列出提纲，他知道你的意图，先就开讲，侃侃而谈。他深入浅出地讲述近几年他正在研究的课题——过渡金属原子簇化合物的有关知识，以及化学模拟生物固氮。早在1973年，他就在国际上最早提出固氮酶活性中心网兜模型。卢先生从结构化学的前景，谈到科学春天的到来。他精神矍铄，谈兴很浓，使我深受感染。他宽厚待人的风范，给我留下极为深刻的印象。

我想我的目的已经达到，该起身告辞了，没想到卢先生意犹未尽地谈起他参与筹建福州大学的事。他说，当时真是困难重重。但是，在以党委书记张孤梅为首的校党委领导下，全校师生员工的精神面貌很好。整个校园充满着团结向上、艰苦奋斗、朝气蓬勃、开拓进取的良好校风。正是有了校党委的领导和支持，他才能够全身心地投入到教学和科研工作中去，并参与了许多重大问题的制定和执行。他感到他在副校长任上最为值得记取的是，促使福州大学的全新建制——实行理工两类专业合在一校。因为中华人民共和国成立后，我国高等学校的专业设置按苏联模式进行了较大规模的调整，将工科和理科专业分开，不设在同一大学。直到 1958 年福州大学创建时，国内尚无理工合校的先例。

福州大学当时经福建省委研究，明确是一所理工合校的大学。卢嘉锡说，理工合校十分有利于科研和教学的相互促进，因为理科和工科的许多专业有着自然的内在联系，理科能为工科打好基础，并为工科的发展提高创造条件；工科也为理科的联系实际并向生产力转化创造条件。

有资料显示，福州大学晋江科教园各院系的专业设置，正是延用理工合校的建制，其产学对接的功能十分明显。这或许是晋江欢迎福州大学科教园在金井镇落户的一个原因。这是我的臆测，不知对否?

话说当初和卢嘉锡先生进行访谈之后，我很快就把《卢嘉锡》编出来，并作为《福建新闻简报》17 号的一个主题，后期制作完成之后，拷贝交给省电影公司放映。这是我进厂以后的第一次采访，也是我编的第一部短片。在当时，这部介绍科学家的短片，反映了科学的春天到来的信息。

1995 年，是卢嘉锡从事科研和教学 60 周年。为此，中国科学院和中科院福建物构所，于卢嘉锡八十华诞之际，在福建物构所举行盛会，为卢老祝寿，暨纪念他从事科研和教学 60 周年。

卢嘉锡曾经在一篇论文的结尾写道：“让我以下面一个对子作为本文

的结束语，既是咏志，也是自勉：香花急吐艳，硕果苦其寒，岂为根不深、枝欠壮？劲草傲疾风，险风迎闯将，竞相坚远志、庆新功。”

2001年6月4日，著名的科学家、教育家和社会活动家卢嘉锡在福州逝世，享年86岁。

斯人已去，精神犹在。

福州大学自建校以来，一代代福大人秉承“明德至诚，博学远志”的校训，践行以张孤梅为代表的艰苦奋斗的创业精神、以卢嘉锡先生为代表的严谨求实的治学精神、以魏可镁院士为代表的勇于拼搏的奉献精神，砥砺奋进，积累了丰富的办学经验，形成了鲜明的办学特色，已为国家培养了全日制毕业生26多万人。

此刻，我想向你介绍几位“福大人”，他们之中有大学教授，有企业家，有社会活动家。他们都是晋江金井人，是我的旧雨新知。

李定坤，男，1938年生，晋江金井镇南江村人。中共党员。福州大学计算机系（现为数学与计算机科学学院）教授，博士生导师。

李定坤1960年毕业于厦门大学数学系。1958年至1960年12月，被厦门大学派往北京大学数学系插班寄读，学习固体力学。毕业后分配到福州大学数学系任教。1984年6月至1992年6月，任中共福州大学计算机系总支书记。1987年晋升为教授。

李定坤长期从事工程结构分析和计算机辅助设计的教学和研究工作，解决了薄板变曲理论中的著名难题，即“弹性薄板小挠度弯曲的STOKER问题”。他所参加的应用研究中，有5个项目获国家或省部级奖励。1982年被授予福建省劳动模范称号，同年被国家人事部授予国家级有突出贡献的中青年专家称号。他曾经主持一项福建省火炬项目“计算机辅助制鞋系统”，卓有成效。

李定坤是福建省第七届政协委员，福建省力学学会副理事长。

有一回，我在路上与中学校友李定坤邂逅，一番寒暄之后，他告诉我，改革开放以后，他和他的团队经常来晋江鞋都，深入制鞋行业的许多工厂，为他们解决制鞋的技术难题。

他提起此事时，虽然轻描淡写，但我看出他是欣欣然，颇为自得；我一听，也被他的自得和欣喜所感染。我们就此握别，此后再未互通音信。如今想起来，我和定坤竟然一别20年！

今天，我猛地想起了他来——“他所指导的研究小组，十分注重促进科技转化为生产力，积极开发软件产品。这些软件已开始在福建省的鞋业和汽车行业得到应用。”这段话是20年前，我为母校毓英中学百年华诞所编的一本《校友名录》中关于李定坤的一段简介，所以印象深刻。李定坤教授是福州大学“促进科技转化为生产力”的先行者，也是践行“产学对接”的领头雁。我一下子联想到，福州大学晋江科教园的定位不就是“产学对接”吗？妙哉！快找李教授去，再叙窗谊校友之情，定能满载而归。于是我打去电话，却都是空程空号，原来他家的座机早就撤销了，我又没有他的手机号。我只好借助手机的百度百科，键入“福州大学李定坤教授”。没承想，迎面扑来的却是一阵哀乐——福州大学数学与计算机科学学院教授李定坤，因病医治无效，于2019年9月1日2时20分不幸逝世，享年82岁。

呜呼哀哉！我的老同学，你怎么说走就走了呢？！咱俩可是同年同月生的“老虎”呀！本来我是想问问他，福大晋江科教园的教师，可有他的学生，或学生的学生，好介绍我去见见他们。罢罢罢，别提了，现在一切都晚了……

我要介绍的又一个“福大人”是洪栋梁。

洪栋梁，男，1937年生，晋江金井镇草湖村人。1958年高中毕业，考入福州大学机械系。在厦门大学寄读两年后，即和千余名同学跟随福州大学副校长卢嘉锡教授，坐火车北上福州（李定坤亦在此列车上），回到福大怡山新校区学习。在大三他到福建机器厂实习时，发现锻压机是人工操作的，效率低，且存在安全隐患，即动手搞技术革新，创造锻压机自动化，大大提高生产效率，确保工人安全生产，受到工人师傅和厂方的赞扬。实习结束后，福建机器厂赠送一面“革新能手”的锦旗给学校，以表彰洪栋梁的突出贡献。

但是，洪栋梁后来因为在三年困难时期罹患浮肿病，住院半年仍然未痊愈，无奈只得休学。此后他在生产队种过地，在食品公司牵过“猪哥”（配种的公猪），在英林中学代过课。20世纪80年代初，他集资办厂，并立足同安县创办华诚纺织有限公司，成为一个杰出的民营企业家。

洪栋梁曾经在同安遭遇车祸，九死一生。他在1995年全面“交班”以后，即全身心地投入公益事业，于社会贡献多多。他是厦门市荣誉市民，历任多届厦门市同安区政协委员、商会会长。

洪栋梁晚年不幸罹患癌症，医治无效，于2004年逝世，享年74岁。其哲嗣在他身后遵照他的遗嘱，捐献给晋江市慈善总会和厦门市慈善总会各1000万元，捐献给草湖村老人会300万元；他夫人去世后，其哲嗣亦遵嘱如数捐献。

洪栋梁逝世后，我应其哲嗣之请为他写墓志铭。其中一段写道：“公一生坎坷，历尽磨难，向与国运民生同进退。学工、务农、执教。蹉跎岁月。胼手胝足，奋力拼搏，终成大业。他携子并肩，勇立潮头，乘改革开放之万里长风，于银城开辟一片新天地，创建华诚实业，如日中天，声名远播，乃当代民营企业家之翘楚。”

洪栋梁虽然早就离开福州大学，但他对母校福大的感情很深。他在事业如日中天的时候，即发起成立福大机械系同学会，和老同学们守望相助，和母校保持密切联系。

洪栋梁，真不愧为“福大人”！

陈聪聪，是一个巾帼须眉的“福大人”，她于1970年考入福州大学电机系自动化专业，1972年毕业，分配到福州市委工作。1988年定居香港。

她长期致力于大陆和香港之间的交流，现任福州大学校董会董事、福建省海外联谊会副会长，政协第十二届全国委员会委员。

据说，陈聪聪对福州大学晋江科教园的成立，一度积极“牵线搭桥”，大力推动。果真如此，亦不失为“功臣”矣！

我说的这三位福大人，各有各的禀赋，各有各的“特色”，他们都能够秉承福大精神，或于母校恩斯勤斯，或立足于社会，颇多建树，为福大争光。

……

有人称书信为“尺素寸笺”，当言简意赅。不错，可我这封信必须娓娓而谈，急不得，况且高潮即将到来，如若不信，请看——报载：福州大学晋江科教园成立于2016年，位于晋江市金井镇晋南水城区域内，占地1000亩，将分期分批建设。该科教园2014年年底开工建设，2016年秋季即迎来首批师生入驻。

福州大学晋江科教园规划布局为“创业型校区二院二园”，主要包括福州大学晋江研究院、福州大学工程技术学院、福州大学国家大学科技园分园暨福州大学晋江研究院。福大大学生创业教育园已于2016年秋季入驻园区，而福大工程技术学院也于2019年7月入驻。

自从福州大学晋江科教园建成以后，美轮美奂的园区就成为金井镇的一个引人瞩目的地标。

孰能想到，一个蕞尔小镇会突然冒出一所大学来！尽管它仅仅是福州大学落户晋江的一个科教园，但人们总爱叫它“福大校区”。简称有时显得更亲近，更有钟爱的意蕴。

福大国家大学科技园晋江分园暨福大晋江研究院：计划培育高科技孵化企业30家，建设与晋江轻工机械、建材、食品与生物工程、工业设计和装备设计制造等主导产业相关的研究基地（院）。

福州大学大学生创业教育园：为大学生提供创业教育和实训基地，并引进、创办会计师事务所、知识产权事务所、法律事务所和工商事务所，不仅为园区学生提供顶岗实习的机会，也为入驻的孵化企业提供优质服务。

福大工程技术学院：主要培养全日制本科生教育，分批开办产品设计、食品科学与工程、物流联网工程、光电信息科学与工程等8个专业，在校本科生远景规划1600人（按每专业50人，学制4年估算）。后期增设如海洋资源开发技术、海洋渔业科学与技术等级海洋学科专业。

瞧瞧！这是多么美好的远景规划啊！

这个科教园的建筑的最大特色，是汲取闽南红砖文化的精华，红砖白石，相映成趣。教学大楼、图书馆、宿舍、大礼堂，等等，所有的建筑都有闽南古民居“出砖入石”的影子。这十几二十幢高楼大厦，错综有序地排列在千亩园区里，整体看上去，有一股红色的主旋律流淌于斯，悦耳之声可闻；而远远看去，恰如一颗在阳光下熠熠生辉的红玛瑙，温润可亲、可感。

有人放飞无人机，拍摄到一幅全景图，放在网上供人观赏，这才让我看到了科教园的“庐山真面目”。园中树木刚长成，绿化尚在期待中。要是花草树木再多些，或许会更好些。美不美，观自在。

此处周遭尽是港汊、盐碱地，并无其他房屋。北望滨海新城和别墅区，以及正在大兴土木的“奥能·金港湾”校区房，此科教园益显得“唯我独尊”的孤傲。我看这没有什么不好的，因为这恰恰切合了科教园的脾性。

自从福大晋江科教园建成以后，我就改变了健走路线，总是沿着金井溪—滨海新城—水城，直奔科教园而去。那里早已修建了一条大路，连通科教园和水城。一到水城中路，远远地就看到了科教园的楼群，一字儿排开来，撩开面纱迎着朝阳笑。

路上常碰到三五健走或慢跑的人，他们或许有福州大学的学生。其中一个从科教园里跑出来的阳光女孩引起我的注意。相遇之时她也会向我笑笑，算是打招呼。因为常在这路上相遇，也算是熟人了。一天，我们在新建的公交车站（此路尚未通车）停下休息，有过一次交谈。

她说，她是2019年9月才从福州旗山校区转来这里读书的。她是四川人，从小跟着父母来到金井。父亲在“七匹狼”公司当保安，母亲是环卫工人。读中学时，星期天她常帮妈妈去扫马路。怪不得，我刚看见她时就觉得有些面熟。

她说她是喝晋江水长大的，是新晋江人。

我想，一个寒门子女能够考上福州大学还真不容易。

她说，当年她高考成绩不错，600多分，所以被福州大学录取了。让她想不到的是，她现在竟然可以在家门口上大学。

“在家门口上大学。”这句话还真把我感动了。

……

这封信写得够长了，打住。

最后我想问：那高高的塔吊是如何节节升高的？

2020年9月20日

洪群，男，晋江人。中国作协会员，中国电影家协会会员。曾供职于福建电影制片厂，历任编辑、编导室副主任、文学部主任。

文汇·散文

阿马尔菲海岸线的联想

◎ 戎章榕

有人说，越往南，越能遇见真正的意大利。阿马尔菲海岸，位于意大利南部萨莱诺省索伦托半岛南侧的一段海岸线，东起海滨小城萨列诺，西至索伦托，全长65公里，被称之为“绝美而典型的地中海风光”，那是阳光与海水的痴缠魅惑。

世界这么大，我想去看看。看什么、怎么看？人生有涯，风光无限。当然要有选择，就选择最美、最经典、最值得去看的风景。阿马尔菲海岸，被美国《国家地理杂志》评为“人一生当中必去的50个地方之一”。1997年，联合国教科文组织将其列入世界文化遗产。

所谓阿马尔菲海岸，实际上是依山临海的一条公路。山海之间，没有过渡带，山体垂直临海，双车道公路几乎临近海边的山崖开凿，一边是临海峭壁，另一边是依山悬崖，弯弯曲曲、起起伏伏。公路上不仅有驾车观赏的驴友，更有当地骑行锻炼的爱好者。为了让世人欣赏阿马尔菲海岸的美，沿途公路上不时辟有观景平台，让人们停车远眺，拍照留念。地中海的壮丽海景，蔚蓝的海水让你敞开心扉，明媚的阳光让你展开笑颜。在海天之间，在白帆和白云之间，海鸟在暖暖的海风中自由翱翔，如同不断变换形状的珠链，串联着无边的海天。说是穿行阿马尔菲海岸线只需一个小时的车程，但对于第一次造访的我们怎么够呢？走走停停，唯有美景拖了后腿。阿马尔菲的海岸有多长，它的美丽就有多长。旅行不只是行走，还需要驻足，哪怕在此片刻的滞留都会带给你无尽的心灵愉悦。

以为一条海岸公路就是世界文化遗产，那就错了。这其间还囊括了拉维罗、波西塔诺、米诺利、阿马尔菲等多个依山傍水、风光旖旎的小镇，以及三大岛屿：伊西亚、卡布里和普洛西达。这些小镇是一个由西西里、阿拉伯与诺曼底建筑风格构成的完美混合体。风景如画的小镇散落在海岸上，组成了一个典型的中世纪民居的博物馆。难能可贵的是，这里的建筑与周围的环境完美地融合在一起。阿马尔菲迷人的不只是风景，还是一种生活气息。

由于时间和线路的关系，我们没有走完全程，只是重点造访波西塔诺。小镇建在海边嶙峋的山体上，家家都是居高临下的海景房，阳光倾泻，海水碧蓝，造就了意大利人的多情浪漫。随着时代的发展，波西塔诺人的审美也在悄然发生着变化。不再是单一的白色小屋，而是呈现色彩的变化。暗红、淡黄、浅蓝……五彩斑斓，宛如童话一般，阳光加深它们的深沉。生活在小镇上的人们，远离城市的喧嚣，闲适地聚在逼仄的空间，在临镇的公路边，吸着烟、品着咖啡、聊着天，公路两边停满了代步的汽车，既保持与现代化同步又适当拉开一定距离的生活状态，这正是当下人可遇不可求的。他们的房子的窗户大都面对大海，变幻的海景是窗间一幅最美的画。清晨，睁开蒙眬的睡眼，懒洋洋地走到窗前，推开窗户，清新的海风便吹了进来；晚上更可以在阳台上或临窗的餐桌伴着海声，斟一杯当地盛产的葡萄酒，来一次浪漫的烛光晚餐……这是多么惬意的生活啊！过惯忙碌生活的都市人，能够在这样的小镇懒洋洋地避世几日，感觉有如重生一样！我不由得感叹，意大利人是世界上最会享受生活的，而在阿马尔菲海岸生活的人们则是全意大利最懂得享受生活的人。

阿马尔菲海岸线列为世界文化遗产，也绝不只于小镇风情，还有其人文色彩。

取自阿马尔菲海岸的绝世风景的经典影片《我心属于你》《托斯卡纳

艳阳下》《痴男怨女》姑且不论，单说波西塔诺名字的由来，就富有传奇。

波西塔诺教堂中有一座圣母的塑像，是每一个游人必访的景点。传说这座圣像是海盗从拜占庭偷来的。海盗经过地中海时，阴沉的乌云从不远处压了过来，暴风雨眼看就要降临，水手们开始惊慌。这时候，甲板上传来了一个声音："放我下去，放我下去。"声音是从圣母像传来的。海盗为了免遭天谴，只得将圣母像放在了最近的海岸上，那就是现在的波西塔诺。波西塔诺之名，便是由圣母所言的放下之声演变而来的。

20 世纪 50 年代，诺贝尔文学奖得主约翰·斯坦贝克造访，在游记中写道："波西塔诺是一个梦乡，你在时，它不很真切，你离开后，它变得栩栩如生。在你灵感涌现的时候，这个小镇丝毫不会打扰你的思绪。那些房屋攀在如此陡峭的山崖上，它们本身便是山崖，只是其间刻有台阶。"波西塔诺的美丽能抓住每一个过客的心，在他们心间留下深深的烙印，大师的溢美之词更将波西塔诺推向了世人的眼中。

据介绍，剧作家田纳西·威廉姆斯、画家毕加索、影星伊丽莎白·泰勒、索菲亚·罗兰、作家高尔基……一个个闪耀光环的人物在此流连，也为波西塔诺留下炫目的光环。据说，许多名流在这里建有他们的后花园，风情各异的豪宅别墅在起伏的山峦中散落分布，或大气庄严，或秀美雅致，与阿马尔菲一样堪称美丽的风景。白驹过隙，远去的是历史，长存的是美景。

穿行在阿马尔菲海岸线，徜徉波西塔诺蜿蜒曲折的小道，不时有疑问闪现：这里适合人居吗？没有台风吗？不导致山体滑坡吗？历史证明我是杞人忧天，从中世纪早期，人类就开始在此地定居。村民们将白色的房屋建在视野最好的峭壁上，比中国人更早领略了"面朝大海，春暖花开"的盎然诗意。

旋而不知怎的，我的脑海里浮现的却是平潭岛，平潭 2016 年 8 月获批建设"国际旅游岛"。那里没有峻峭的悬崖，但有"天下奇观"的半洋石帆；那里没有依山而建、白墙红瓦的民居，但有别具特色的石头厝；那里没有地中海蓝，却有难得一见梦幻般的“蓝眼泪”；那里没有卡布里蓝洞，却有海蚀奇景的仙人井；那里没有中世纪典型民居的风貌，却有南岛语族文化的遗存……平潭“国际旅游岛”的开发是否从阿马尔菲海岸受到启发和借鉴？平潭不缺阳光、不缺沙滩。平潭将像阿马尔菲海岸那样成为人们向往的旅游目的地。

我们一行人中，从网络上了解到在波西塔诺有一家网红酒店美人鱼酒店，在悬崖上拥有着最好的位置，被评为全球十大最美景观酒店。听说每年4月开始营业，一个晚上的住宿费高达2000欧元，惊讶的舌头吐出来又缩回去。酒店内有一家高颜值的米其林二星餐厅，被誉为全球15个最美景观餐厅之一。哇，最美酒店加上最美餐厅，我们明知道冬季没有营业，但还是执意前往，现在不是时髦打卡吗？就打卡一次吧！没有口福品尝这家有颜值又有味道的餐厅，参观一下，满足好奇心总可以吧！酒店正在修缮，工作人员不让进。我们只好在外面拍了拍照。外观并不豪华富丽呀，怎么要价这么高呢？看来是善于经营、巧于运作的力量。

当一个还没离去就让人想念的地方，想不成为旅游胜地都难！

戎章榕，祖籍浙江慈溪，生于福建福州。当过工人、记者、编辑、公务员，现已退休。福建省炎黄文化研究会理事，福建省作家协会会员。出版个人作品集若干。

回望槟城

——孙中山背后的男人与女人

◎王　茹

孙中山，中国民主革命的伟大先驱，一生致力于推翻腐朽的封建旧王朝，建立民主共和国。他用毕生精力，为达成这个目标奔波劳碌，不但亲力亲为谋划，还要为之筹钱筹物。为了宣扬革命理念、组织同盟会以及筹集所需的钱款，1905 年以后，孙中山多次奔走于马来西亚各地。槟城，这个马来西亚的第二大城市，更是与孙中山有着不解之缘。

历史记载，孙中山九次革命，五到槟城，他在槟城留下了很多足迹。他为什么要多次来到槟城？他究竟与槟城有着怎样的纠葛？槟城人是如何对待孙中山的？ 2016 年 8 月，受邀到了槟城，才稍稍了解了孙中山与槟城之间的渊源。

槟城，是马来西亚除首都吉隆坡之外最大的城市，槟城人口中华裔占比将近 40%。早年间，许多中国人因为生活所迫，漂洋过海，来到南洋艰苦打拼。有一些聪明又勤劳的华人逐渐在槟城等地站稳脚跟，并过上安稳富足的生活。直到今天，在槟城的大街上仍可时常听到普通话、粤语和闽南话等地道的中国语言。正是由于槟城华人众多，1906 年，孙中山将海外革命基地移至庇能（PINANG，槟城的旧称），并于 1910 年 11 月 13 日在槟城召开了对中国命运影响深远、策动广州三二九之役的同盟会秘密会议，史称“庇能会议”。

怀着对革命先驱的敬仰之情，我先后参观了槟城的阅书报社和孙中山槟城基地。槟城阅书报社，是孙中山于 1908 年 12 月 19 日亲手创办的，用以启迪民智，宣传革命思想。同年，同盟会的南洋总会机关由新加坡迁至槟城，总部办公室就设在阅书报社中。如今的阅书报社已经被改为孙中山纪念馆。纪念馆是一座具有南洋风格的小楼。来到纪念馆门前，一个塑像群立刻引起了我的注意。塑像群塑有三人，为首的自然是孙中山先生，他挥手指向前方，表情坚毅而严肃。在他身后，还有两位男士，一位戴着帽子，和孙中山先生一样挥起一只手；另一位一手拎着箱子，另一只手则抬起来指向天空。这紧随其后的两位是谁呢？馆长告诉我们，这两位是吴世荣和黄金庆。他们为什么能和孙中山站在一起？孙中山和他们之间有着怎样的故事呢？

槟城孙中山基地也有很多照片等历史资料。看了这些历史资料，再听导游的讲述，我了解到孙中山投身伟大革命事业的不易，但更让我感动直至惊讶的是吴世荣、黄金庆以及陈粹芬等幕后英雄。在孙中山的感召下，远在南洋的他们为此做出了巨大贡献。在孙中山九次革命失败后，他又一次来到了槟城。他写道："吾人住食行动之资将虞不继，举目前途众有忧色，询及将来计划，莫不唏嘘太息，相视无言。"在革命九次失败后，周围人大多丧失信心。中国有句老话："事不过三。"更何况九次失败！当初很多支持者都动摇了。孙中山先生无疑是伟大的，他为了理想和信仰百折不挠，至死不悔。同样可贵的是吴世荣等人至死追随着他们崇敬的孙先生。这些华人也因此付出了常人难以想象的莫大牺牲。

关于吴世荣，资料上只有简短的介绍："吴世荣（1875—1941 年），槟榔屿同盟会的创会会长。吴年轻时继承家业，接手制造面粉、面条和火柴的瑞福号。他倾尽了他本身及妻子所继承的财产。"照片上的吴世荣，看起来更像是一介文弱书生，但从他坚定的眼神中我似乎约略理解了他的革命理想。吴世荣祖籍福建海澄，1875 年出生于马来西亚槟城，他年轻时就从父亲手中继承了大笔遗产。本就是富家子弟的吴世荣，又迎娶了当地富商谢德顺的女儿——谢柳美，妻子给他带来了一座五层楼的丰厚嫁妆。这栋洋楼，是当时槟城第一栋五层的大洋楼，被称为“五层楼”。吴世荣一家人曾在五层楼中度过了一段富足美满的生活，她的女儿就出生在这座楼里。逢年过节，五层楼更是灯火璀璨，宾客如过江之鲫。可想而知，他早年的生活是多么优裕。他与家人远在南洋，中国国内的风云激荡与他原本是风马牛不相及的。吴世荣本可以和他的妻子、他的儿女，在槟城继续过着安逸、舒适的生活，在荣华富贵中走完他的一生。他的妻子谢柳美，是19世纪显赫富商谢德顺膝下唯一的掌上明珠，这是一个被捧在手心里长大的千金小姐，从小不知有多么娇养，集万千宠爱于一身。原本幸福完美的人生，因为孙中山的宏愿而彻底改变。吴世荣深深地被孙中山伟大的理想所感召，为了支持革命，他到处奔走，顾不上打理自己的家业，而致家业渐渐荒废。继之，他又变卖了所有家产，把这一切都双手奉献给了远在中国的革命事业。1907年，他已经入不敷出，捉襟见肘，和妻子商量后，他忍痛变卖了妻子的嫁妆——五层楼，用以继续支持孙中山的革命经费。需知，这样做需要多大的勇气，承受多大的压力，遭受多少的不解和嘲笑？孙中山九次革命失败后，在他，没有一丝一毫的怀疑、动摇和怨言，仍然无条件地、坚定地信任和支持孙中山！这是一种怎样的深厚友谊？怎样的高尚情怀？每念及于此，我都忍不住热泪盈眶，为这崇高的无私精神所感动！

关于黄金庆，历史记载甚少，他的生年时间都难以确定。他祖籍同安，出生于槟城，自幼接受中文教育，后继承父业，事业有成。当时孙中山到槟城演讲，吴世荣和黄金庆等四五人为孙中山解决食宿等问题，并倾力筹集军费。阅书报社与光华日报社，黄金庆均为发起人之一。他自己的产业，却因捐输过巨，生意又无暇管理，终致倒闭。1916年，黄金庆因忧郁和疾病，在新加坡不幸病亡。

孙中山成就的历史伟业离不开千千万万像吴世荣、黄金庆这样的人，正是有了这些人的坚定支持，辛亥革命才能取得最后的胜利。黄金庆英年早逝，吴世荣的晚景也是凄凉的。他为革命倾家荡产，经营年年失利，贫病交加。病了，没钱医治，旧日友人也纷纷离他而去，门前冷落车马稀。他死了，竟连埋葬的钱都没有，最后草草葬在一个野草丛生的地方，只以两块石头作为记号。吴世荣会后悔吗？他无怨无悔！据说，吴世荣生前常对人提及，渴望有一日，自己也能葬在中山陵之旁，与孙中山为邻。他这一愿望最终没能实现，但在槟城阅书报社的旧址上新建的“槟城孙中山纪念馆”前，他们三人的雕像矗立在花园的中央，孙中山、吴世荣、黄金庆以奋勇当先的姿态定格在了那里，在那里，他们与孙中山是永远在一起了。

这就是孙中山背后的男人，吴世荣和黄金庆是千千万万个支持革命的人的代表。孙中山背后还有一些女人，也默默地奉献着自己，奉献着宝贵的青春年华，陈粹芬就是其中之一。阅书报社中展出了陈粹芬的照片。照片上的她，一头乌发整齐地梳在脑后，显露出她饱满圆润的脸庞，两道弯弯的蛾眉，一双有神的大眼睛，神情既端庄温柔，又坚毅宁静，是一个十足的美人。她追随孙中山将近 20 年，细心照顾孙中山的饮食起居，兼任他的秘书和护士，和孙中山一起过着颠沛流离、担惊受怕的日子。对于这些，她毫无怨言。她以女性的温柔与细致，加上贤劳兼至，热诚干练，使孙中山在亡命异邦的艰苦生涯中，获得巨大的精神支持与慰藉。同时，她虽是一介女流，却因为女性身份，和孙中山在当时得持夫妻的名分，用以掩护中山先生，如此则不致引起外界的疑惑，对革命的秘密活动也颇有助益。陈粹芬虽然为孙中山、为他的事业付出许多，但她深明大义，自知学识不高，早已决定功成身退。辛亥革命成功后，她定居槟城，从此与孙中山再无相聚之日。孙家上下都钦佩她、尊重她，视她为家人，并将她载入孙姓族谱。陈粹芬于 1960 年病逝，1980 年迁入翠亨村孙家祖坟地。

这位孙中山背后的女人，同样做出了巨大贡献。近年来，孙中山的研究者大多注意到了这位奇女子。2007 年马来西亚与中国合拍的电影

《夜·明》中重现了陈粹芬的形象，以纪念孙中山和他的这位美丽端庄的革命伴侣。陈粹芬，是中国革命史上的女中豪杰，也是中国贤良女性的代表。

正是吴世荣、黄金庆以及陈粹芬等幕后英雄的鼎力支持，孙中山领导的辛亥革命才取得了最终的胜利。历史如江河流逝，但我们永远不能忘却的是槟城人的中国心，槟城人的中华魂！

王茹，河南人。北京师范大学文学博士，现供职于福建师范大学文学院。中国文艺理论学会会员，中国世界华文文学学会会员，福建省作家协会会员，福建省台港澳暨海外华文文学研究会副秘书长，北京师范大学文艺学研究中心兼职研究员。

叠彩之忆

◎ 陈孔屏

一张夹在旧杂志中的照片，如一根火柴，蓦地点燃了我记忆之火——那是一张多年前的旧照片，背景是桂林叠彩山，我身穿那个年代的土气衣服，脸上的表情却十分灿烂。照相时一向呆头呆脑的我，居然有如此神采飞扬的形象，此中自有缘由：在前面为我照相的，是美丽、热情的桂林姑娘小蔡。

与小蔡认识的过程，颇具戏剧性。那时本地一家瓷厂派我们去广西来宾县一处新建的化工厂联系业务，推销化工用瓷，与我同行的是20岁刚出头的年轻人小林。化工厂建在县城郊外，交通不便，那时还没有出租车，只好步行，下雨天走厂区黄泥路，办完事回来，我们浑身上下沾满了泥巴，像两条泥鳅。我们决定赶到桂林过夜，在那里转乘火车回家，也顺便游览一番桂林山水。我虽然去过桂林，但那是吟不尽的诗、赏不完的画啊！

因为是旅游热点城市，住宿紧张，前几回到桂林，想找个好地方住下很不容易，都是几经周折，才在三等旅馆找到住处。那天到桂林出了火车站，我正在为住宿担忧的时候，看到一辆挂着“某某招待所迎宾车”牌子的面包车，开车的小伙子正热情招呼客人上车，说要包送客人去住宿地，并称那招待所是新近对外宾开放的星级旅游酒店。眼前这情景让我感到新奇，过去来桂林住宿难，而今竟然有如此热情的服务，真是新奇事啊！我满怀欣喜上了车，又等了好一阵子，见没有别的客人，小伙子便开车送我们走了。小伙子看样子挺朴实，他告诉我们，这家酒店本来是军队内部招待所，现在对外开放了，他是退伍兵，不想回农村老家，就留在这儿开车。

说话间，车子已开进了一个绿树掩映的大院，停在一幢漂亮的楼房前。小伙子领着我俩来到装饰高雅的大堂，服务台前几个姑娘正快活地谈笑着，见我俩进来，都不作声了，以怪怪的目光打量着我俩，沉默了好一会儿，一个领班模样的姑娘问小伙子："你接的客人在哪儿？"

小伙子一本正经地指着我俩说："就是他们呀！"

姑娘们听此回答，都愣了一下，然后"轰"的一声笑开了，有的笑得直闪腰，笑得我俩莫名其妙的。也许发现了我目光中的愠意，她们敛住了笑声，改用桂林方言交谈。

我听出她们是在笑我们。看着我俩满是泥巴的解放鞋踩在这洁净的拼木地板上，看着自己土气的装束加上满身灰尘，和眼前优雅的氛围形成了强烈的反差，面对一群漂亮姑娘们的嘲笑，一般人是要自惭形秽的。好在我那时年轻气盛，平日爱好读书写作，多次参加省里的文学创作班，也算见过一些世面，加之结婚成了家，堪称曾经沧海，面对此情景，一点也不怯场。同行的小林就惨了，他还没谈对象，被姑娘们笑得头都不敢抬起来。他似乎感觉到情况不妙，悄悄用闽东方言问我，那些女孩子都在说些什么？我也用方言告诉他，她们在笑话司机，一部面包车到火车站接旅客，等了老半天，就接回来这么两个土包子。小林闻言，脸更红了，头更低了。

姑娘们还在不停嬉笑，这情形把我激怒了，我站起来朝她们走去，语藏机锋地朗声道："服务员，你们笑够了吧，该给我们安排住宿了。"

姑娘们闻言，都沉默了，把目光投向领班。

这时我才注意到，领班姑娘长得相当标致，那苗条的身材、俊秀的脸容和一双忽闪的明眸，像是画上的人儿，那些年我常与文艺界打交道，美女见过不少，如此漂亮女孩也很少遇到，但因为她们的刻薄行状，此刻我心中只有反感而没有美感。

她忽闪着大眼睛打量着我们，平静地说："这里只有标准间，每人一天30元，你们住吗？"

30元！我心里一咯噔，那时候我们一个月工资才三四十元，这一天住宿花去近一月工资，回去可不好报销啊。于是我问："有没有便宜一点的普通床铺？"

"便宜的？"领班犹豫了一下，说："对不起，只有这种标准间。"

我想另找一家便宜的旅馆，便用闽东方言和小林商量，不料却遭到小林坚决反对，他认为我们这样就走太没面子了，回去就是砸锅卖铁这标准间也得住。我觉得和这帮丫头片子斗气，打肿脸充胖子装阔佬不值得，但拗不过小林的意思，为了照顾同伴的情绪，也只好咬咬牙住下了。

小林是第一次住这种标准间，对客房内的席梦思床铺、电视、浴缸、热水器设备等都很新奇，啧啧赞叹，连说花30元住一夜值得。那时我常参加省里的文艺会议，住过此类房间，因而没有多少新鲜感，心里想的却是住宿费能不能报销的问题。不过既然住下了，我也不再多想了，好好享受一下吧。我们痛痛快快地洗了个热水澡，美美地睡了个午觉，起床后换上干净的衣服和皮鞋，对镜一照，显得仪表堂堂、精神焕发，与刚下火车时判若两人。我们谈起刚才被姑娘们嘲笑的情景，心中不免愤愤然。

这时，响起了一阵轻而急促的敲门声。我开门一看，敲门的是那位领班姑娘。她的神态似乎有点慌乱，语气中流露出掩饰不住的紧张与焦虑："同志，和你们商量一件事……刚才接到旅行社的通知，有一批香港客人马上来我们这儿住，请你们换一个房间……二楼有便宜的房间，一天才6元……"毕竟还年轻，遇事还不够老道，她的神情表明，刚才说没有便宜房间是谎言，是故意捉弄我们。

"换房间？你刚才不是说没有别的房间吗？"我不依不饶地追问道。

"这……"她脸忽地红了，愣了一下，才说，"临时来了香港客人，没办法。"

"香港人怎么啦？他给钱我们也照样给钱，凭什么让我们换房间？"我显得理直气壮。

领班姑娘被我呛得脸一阵红一阵白的，呆了一下，又赔着笑脸请求换房间。要是在平时，一个女孩这样请求，我不会为难她的，但一想到刚才的情形，我又有气了。

"你不用说了。"我觉得报一箭之仇的机会到了，一挥手说，"请你们领导来了再说吧！"

领班姑娘磨了好一阵，见说不动我，只好请来了招待所所长。

所长是个军官模样的汉子，他也把香港游客马上要到的情况说了一下，很有礼貌地请求我们让出房间，并说二楼的普通房间也很好，一天只要6元。

这种房间正是我们想要住的，恰好顺坡赶羊，但我故作姿态，以深明大义的口气说："香港客人应该要照顾，让个房间本来没什么，但你们这里的服务员太不像话了！"我对所长诉说了刚进门时的情形。

所长一听火了，冲着领班姑娘呵责道："小蔡，你们平时嘻嘻哈哈惯了，对客人怎么敢这样不礼貌？快赔礼道歉，再写书面检查！"

这时我才知道那个领班叫小蔡，她红着脸走到我面前，低头说："对不起，给您添麻烦了。"

见她这可怜巴巴的样子，我笑着挥挥手说："好了好了，以后注意点吧。"

像要弥补前愆，她热情地帮着提行李，带我们去二楼的房间住下，告诉我们公共浴室的开放时间以及其他有关事项，显得十分细心周到。故事到此似乎结束了。

第二天，我外出游览归来，发现放在床头的一本文学杂志不见了，便向服务员查询。杂志刊登了我的一篇小说，我要留作资料。

一会儿，小蔡匆匆跑来了，手中拿的正是那本杂志，笑容可掬地说：

“这本书是我借去看了。”她忽闪着明眸望着我，“这是你写的文章吧？写得挺有意思的。刚才看作者名字，好像在哪见过，一想，这不就是昨天来登记住宿的客人吗……”说到这里，她忍不住又“扑哧”一声笑了，忙用手掩住嘴，停了一下，才说，“昨天的事真抱歉，看着你们满身泥土的模样，我们都以为车子接错了人，把外出打工的流浪汉拉来了。真没想到，你还是个作者……”

那年头正是文学十分走红的时候，年轻人似乎都是文学爱好者，那时候的征婚广告中几乎都有“爱好文学”这句话，好比今天征婚广告中“有房有车”。小蔡说她是个文学爱好者，平时喜欢读文学作品，觉得搞文学创作的人神秘莫测、高不可攀，没想到今天遇到一个作者，却被她们误认为是流浪汉……说着，她又笑了起来，那坦诚、率真的话语中，流露出发自内心的敬慕之意。被漂亮姑娘如此关注与敬重，我兴奋地滔滔不绝起来，从流浪汉谈到高尔基，还有海明威周游世界的冒险故事。小蔡听得两眼发亮，不时加入她的感叹与评论。

我们聊了好久，直到晚霞映了窗户，小蔡才兴犹未尽地走了。分别时，她以不容推却的热情说，明天她正好轮休，要陪我好好游览一番。“让你领教一下本人的导游水平。”她说着笑了，调皮地眨眨眼。

第二天一早，小蔡就踏着晨光来了，给人一种光彩照人的新形象：她没穿工作服，换了一袭好看的藕荷色连衣裙，把她苗条、绰约的身材充分勾勒出来，一头黑亮的秀发随着轻盈的脚步而飘拂，洋溢着青春气息。人的审美意识是受情绪左右的，当我从昨天的反感误区走出来时，我才惊讶地发现，原来这是一个美得惊人的少女！那些年因为爱好写作，常参加文艺创作活动，遇见许多美丽的女子，但从没有像小蔡这样让我为之心跳。我苦难的青年时代，是在繁重的劳动与白眼的旋涡中度过的，人世间的风霜雨雪，过早地淹没了我的青春年华，使我面对女性美时往往显得麻木而漠然。而在桂林这个阳光灿灿的早晨，小蔡以她惊人的美丽，让我心头一亮，我被腌制的青春岁月仿佛在这瞬间被激活了。

她特地借来一部照相机，虽然只能照黑白照片，但在那个年代也算是稀罕物品。那一天，同行的小林要去看望亲戚，小蔡便陪着我游览风景名胜，似乎也在尽情地展露少女情怀，热情的引导、天真的幻想、调皮的笑声，使得眼前的桂林山水变得那么灵动醉人。这一天游览的时光，成为令我难以忘怀的意蕴无穷的诗篇。在景点照相时，小蔡更是投入，为了选好镜头，她或蹲或立，甚至攀到岩石上，并且满腔热情地调动我的情绪，才拍下了这些生动的照片。也许是小蔡表现得很热情活跃，也许是小蔡实在太漂亮了，我发现好多游客在一旁看她拍照，我在许多年轻人的眼中，读到了羡慕的表情，这竟让我心里陡然生出几多得意来——现在想起来，年轻时的心态真可笑。

从桂林返回后，很快就收到了小蔡寄来的照片，还有一封信。信写得很长，带感情色彩，从我们戏剧性的相识，谈到文学，谈到她的人生经历，最后谈到同游叠彩山的情景和她的怀念之情……字里行间，明白无误地表露了一个少女的爱慕之心。面对这娟秀的字迹和生动的照片，我的眼前浮现出小蔡那青春焕发的身影，闪现过我们同上叠彩山的情景，我情不自禁地挥笔写回信，我是第一次给女孩子写如此动感情的信，现在我似乎把昏睡的情感和文学才华都尽情地表现出来，写着写着，我自己都被深深感动了。

写完信，已是子夜时分，我来到屋外，仰望满天星斗，思绪久久难平。一阵寒冷的夜风拂来，使我遽然清醒了。一个有家室的人，怎么可以给女孩子写这样的信？为人夫为人父的责任感，对纯情少女的真诚爱护，使我觉得写这封信是不合适的。几经犹豫之后，我终于把信撕了，重新给小蔡写了一封回信，用的是“零度感情”的笔调，像在写一篇格式化的平淡的公文，信末还特意加了一句话，说我妻子看了照片也说拍得好。这封信就像一把冰冷无情的刀子，斩断了情缘，从此我与小蔡再也没有联系了。

许多年以后，每当我忆及当年的情景，总会陷入十分复杂的情愫中：庆幸、遗憾、迷茫。我暗自设想，当时要是把那封信寄出了，与小蔡保持交往，会是怎样的情形呢？是因为燃起激情的火花而为人生增添精彩的体验，还是因为陷入情感的困境而不可收拾？或是……也许，这就是人生，永远处于庆幸与遗憾的矛盾之中。你不必为得到了什么而过于庆幸，因为得到之中就包含了失去的遗憾；你也不必为失去了什么而过于遗憾，因为失去之中就包含了得到的庆幸。

“此情可待成追忆，只是当时已惘然。”把情感的火花留作美好记忆，也许，在人生旅途某一个暗晦的日子，这火花会在刹那间照亮你痛苦的心灵。

陈孔屏，福建宁德人，宁德市直机关公务员。福建省作家协会第五届、第六届主席团委员，宁德市作家协会第一届、第二届主席。出版小说集《姐妹寮》、散文集《青春作伴》、影视文学剧本《东风吹梦》《配角》《魂系国脉》等各种作品200多万字，小说《姐妹寮》获第十届福建省优秀文学作品奖。作词的歌曲《畲山路》2001年作为全国畲族唯一代表歌曲被文化部、国家民委、国家广电总局评为“世纪民族之歌”。

一个女孩的村庄

◎缪　华

如果不是小吴姑娘的盛情邀请，估计我这辈子都不会去这个叫吴山的偏僻山村。之前曾去过蕉城区八都镇的若干个村庄，比如洋头、福口、猴盾、闽坑、溪池等，但我根本就没有听说过吴山。

我们去吴山的那天，是正月初四。在之前的一场饭局上，小吴端着酒杯很诚恳地邀请众人去吴山走走。我与她是初次见面，出于礼貌，我们随口应允。小吴说，她是吴山人，在少年时就离开了吴山，而且父母也早早和她到了几十公里外的市区生活，弟弟妹妹也散在各地。对家乡，她也只是一份记忆和一种情结。

吴山，你总该有什么让我们值得一去的理由吧？

众人笑说，理由就是小吴。

小吴猝不及防，脸红得像酒杯里的葡萄酒。

不想，小吴还真把这事当回事。大年初二，她给我发信息，说这时候是村里最为热闹的时节，外出打工的男人，出嫁外地的女人，定居他乡的孩子，不管多远多近，都回来了。我觉得她的真诚足以让我得把这事也当回事，于是召集一群本地的作家诗人，以文学采风的名目，上吴山。

按照当地的习俗，初四、初五是为老人祝寿的日子。这拨文人在城里过年，年年如此，千篇一律，也想去乡村走走看看。正月初四，十来个人、三辆车，沿着国道驶上了湄洋岭，在坡顶处，拐入去吴山的村道。山路越走越窄，即便是老司机，也得全神贯注地把车开得小心翼翼。沿途的绿树翠竹、黄花青草让春天渐入佳境，但我们对单车道的崎岖山路提心吊胆，目不斜视，完全忽视了车窗外的大好春光。我乘的正是小吴开的车，她略带歉意地说，大家多包涵，希望你们这些作家帮助呼吁改善吴山的交通状况。

车艰难但还算顺利地到达吴山。下车，一股寒冷的气息不由分说地使我们打了个冷战，好在个个都是有备而来，稍稍活动下有些僵硬的筋骨，灵动回来了。环顾四周，村口有座林公宫，供奉的是忠平王林公。关于林公，我多少还是有所了解的。几年前，福建省炎黄文化研究会和福建省作家协会组织“走进周宁”采风，我忝列其中，分配我写的题材就是林公。这是一尊闽东的地方神，祖殿在周宁县的杉洋村。在闽东，林公宫的影响力仅次于供奉陈靖姑的临水宫。为此，我写了散文《神出杉洋》。没料到在偏僻的吴山，也有林公宫，可见其影响之广。

缓缓往村里走，一路上，有村民和小吴打招呼，也好奇地望着我们这群陌生人，目光充满善意。这个村庄的房屋环绕着一片田地，据说，吴山的肇基先祖是按照太极布局而建的。房子多是老屋，青瓦黄墙，勾檐翘角。

我们看到一口老井，井不深，水却清澈，小吴告诉我们，村里有四口老井。至于井的来历，估计只有村中的老者才能说得清。正在汲水的村民说，用这水酿酒，醇厚。经他这么一说，我们仿佛闻到了酒的芳香。往前走，看到另一口老井，井边摆着几张桌子，桌上的桶里盆里装着鸡鸭鱼肉，一群人正洗洗涮涮。原来是井边的一户人家正为寿宴而井然有序地忙碌。那户人家张灯结彩，门楣的红纸写着“鸠杖熙春”，这是古代祝福老人的用语。所谓“鸠杖”，就是在手杖的扶手处做成斑鸠的形状。鸠杖在先秦时期是长者地位的象征，到了汉代，更是以拥有皇帝所赐鸠杖为荣。我们获悉寿星今年九十寿诞，遂涌入厅堂贺寿，老人欢喜，吩咐子孙给我们泡糖茶、分橘子，说图个甜蜜吉利。淳朴的乡间风俗，让我们欣悦。

继续溜达。几个古稀老人坐在巷子边的木凳上，抽着烟，说着话，不时抬头瞅瞅过往的人。突然，一阵清脆的笑声和急切的叫唤声从身后传来，一群穿新衣的垂髫童子在巷间嬉闹奔跑，母亲们在后头追赶。童子天真无邪的怡然和老人饱经沧桑的淡然，向世人讲述了村庄和人生的演进历程。而处于这两个年龄段之间的我们，瞻前顾后，自然生出许多的感慨。走到一座有些年头的老屋前，驻足，抬头，大门上方的雕花牌匾虽经岁月磨砺而暗沉，但字迹依然遒劲，不减当年风采，上书“爽风西临”四个楷体大字。人们常说“紫气东来”以示祥瑞，而这“爽风西临”，何意？紫气对爽风，东来对西临，倒也对仗，众人七嘴八舌猜测一番，仍不知出处，不得其解。也罢，且不论东西，只要风清气爽，都好。

午饭安排在小吴的舅舅家，春节期间，家家户户都备了充足的年货。靠山吃山，吴山是山区，自有山珍，地里有菜，山里有鸡，田里有螺，水里有鱼。尤其竹笋，无论和啥搭档，都是一道美味。小吴的舅舅告诉我们，他也是春节前从外地回乡的。如今，村里很多人都外出了，留守的多是老人、妇女和孩子。这现象不仅在吴山，在很多村庄都普遍存在。

酒足饭饱。小吴带我们往山里去，吴山虽有彭、刘、陈等姓，但吴是大姓，人口最多，村庄也就以吴命名了。这里云缭雾绕，是高山茶的上等家园。种茶制茶，是村里的重要经济来源。山道旁处处是茶园，那些经冬季储藏的新绿渐渐复苏，正酝酿着早春的芳香。一路上，小吴兴奋地说着少年时的往事。看得出来，她对家乡的情感落在了一草一木、一砖一瓦之间。在半山的一座寺前，几株叫不出名的树开着白花，清香扑鼻。远眺，可见一片海湾，再往外，是浩瀚无垠的大海。凭栏临风，眼界和胸怀一下子变得宽广了。

当我们问及小吴当初为何举家离开故土，她默然良久。她的回答，反让我们默然。

她说，家乡的发展空间实在太狭小了，而且看不到出路。其实，很多山村的年轻人都有这样的困惑，尤其在资讯爆炸的信息时代。他们向往山外的精彩，憧憬山外的繁华，尽管在外打拼并不是一件容易的事，而且前途未卜，但，总比村庄有更多的机遇。

这次回乡，是因为她的骨子里有着和生命融为一体的家乡情结。我们到过小吴曾经住过的老房子，面积不大，设施简陋，如今年久失修，早已破旧不堪。她在这度过童年和少年。离乡数年，村庄渐渐变得陌生，但终归是故乡、是亲缘。在城里孤寂或者困苦的日子，能慰藉的，就是家乡。

她很想为家乡做点什么，但她一个普普通通的小女子，既不是达官显贵，也不是社会名流，没有多大的能耐，更没有多强的能量，能做到的，就是希望能在他人面前多多地说到家乡，让更多的人知道这个叫吴山的村庄。我们不顾山高水冷地应邀而至，让她倍感欣慰。

此时此地，想到了当今相当流行的一个词：乡愁。对在外打拼或迁徙外乡的乡亲来说，挥之不去的，就是深埋在心底和流淌在血管里的浓浓乡愁。对于有过乡村经历的人来说，他们明白，根是树基础、山是云家乡。尽管吴山有这样或那样的滞后，但家乡终究是家乡，这是任何地方所无法替代的。

为此，我们从更深层次理解小吴姑娘邀约吴山的那份良苦用心。

缪华，籍贯连江，现居宁德。福建省作家协会全委会委员、宁德市文联副主席。副研究馆员。部分作品获奖或被收入文学选本。著有个人作品集《穿过大街走小巷》《风过花桥》《岁岁银光》《兵马列阵》等。

大士殿与道彰岩

◎ 周而兴

俗语“天下名山僧占多”，意思是指佛寺多建于名山。位于平潭北部的白沙垄村后的山脉海拔不高，论名气并不如君山。然而，因了《平潭县志》中关于其山上建有北宋时的大士殿庙宇，以及道彰岩石刻的记载，我耿耿于怀，心里已然与它订下了约期。

不久前的一个周末，我随同该村的好友专程从福州前往白沙垄村探访。临近中午，我们驱车沿着蜿蜒弯曲的村间小道进入村子。炎炎的夏阳透过茂盛的古榕树枝，静静地洒在错落斑驳的古厝上，大多房子没有人居住，偶见几位老者在老厝边的榕荫下乘凉聊天。榕树上不时传来聒噪的蝉鸣声，使原本宁静的村子显得热闹。

在村上休整片刻后，我们沿着村边小道走向西北面的山野上，路边的太阳花沐浴着骄阳，恣意地开放，弥漫着淡淡的芳香气息。淌过一条清澈的小溪，十多分钟后，层层翠绿、此起彼伏的山峦跃然眼前。

然而，山上没有明显的路标指向道彰岩。一座草木葳蕤的小山丘上，半遮半掩几块叠嶂的巨岩，这就是道彰岩？微风吹拂，在晃动的树枝中“道彰岩”刻字时隐时现，显得深沉与神秘。

慕名已久的道彰岩近在咫尺，我激动不已。冒着酷热，我们气喘吁吁地攀上一片草木荆棘的山丘，终于走近道彰岩。

史书上记载，平潭的摩崖石刻仅有十余处。然而，白沙垄自然村与同属红卫村的军路底自然村却占有三处。其中，北宋时的道彰岩石刻，是平潭最早的摩崖石刻。

若不是谙熟本村地形的好友带路，谁也不会知道在这貌不惊人的山野却藏着大士殿遗址，以及北宋时期的摩崖石刻。

近看几块巨岩斜靠重叠，构成上下两个洞穴。北宋熙宁二年（1069年），僧道彰募缘至此，建庙居止，于上洞。洞西壁有宋代摩崖题刻。石上横镌“道彰岩记”四大字，字面长1.8米，宽1米；竖镌“岩本无有，道假人宏，熙宁己酉、兴自彰公”十六大字。下部题有：“本贯怀安，受业仰山，特寻胜慨，遇兹岩穴，堪为寂止，遂用兴修，已逾一纪，乃志夙昔耳。时元丰五年岁次壬戌冬十月。”

石洞的东西壁，以及洞的外东侧有清代摩崖题刻三处，其一系清光绪初年，游腾辉镌“洞天一品”四字。西石壁四行直书为：“岩本天成，道彰其名，兴自宋代，迄我大清。”石洞的外东侧巨岩刻有字径60厘米的“福”字。据有关专家介绍，这三处石刻均为清代楷书阴刻。1988年，政府公布红卫村的“道彰岩”为县级文物保护单位。

传说，北宋熙宁二年（1069年），江西省宜春县南仰山的怀安籍僧人璋公来岚化缘，寻踪至白沙垄，也正是发现白沙垄山脉层峦叠嶂、风景秀丽，才将斜靠重叠的石岩定名为道彰岩。同时，在道彰岩旁边开建大士殿庙宇，讲经传道，最终圆寂于此。

在《平潭县志》（民国版）卷八“名胜志”中，一代名儒施天章先生补辑的二十六景记载：当年僧人璋公在大士殿开坛讲经，信众三千，香火旺盛。如今，大士殿早已荡然无存，唯有“道彰岩”默默见证了当年佛教的繁盛。

返程中，朋友告诉我：在白沙垄村垄仔底，以及西侧的军路底村西北山麓古军路旁，还分别有两处石刻，记载宋嘉祐年间修建军路底通往钟门的军路的经过，并记载当时捐款者（题缘）的姓名和金额。

据史料统计，福州五区及周边县市（包括平潭）的古代碑刻、摩崖石刻共有287处。按年代分，唐代的有12处，五代2处，宋代93处。而平潭红卫村所属的白沙垄与军路底自然村宋代摩崖石刻即占了3处，实属不易，令人赞叹。

中午时分，我们回到村里。好友带我参观白沙垄村上的一口古井，此井凿建于150多年前，村民称为泮月古井。双手捧起清凉的井水擦脸，暑热与倦意顿时消却。

白沙垄山清水秀，文化底蕴深厚。村上坐落着一栋建于清朝，历经百年沧桑，堪称平潭民居瑰宝的林福予古民居，还有陈东南英烈的故居等。

"青山不墨千秋画，绿水无声万古情。"一个村庄，蕴含有这么多的人文景观与历史古迹，确实难得。

我的好友生长于白沙垄村，现任教于福州高校。特有的家乡情怀，使他对目前村上的诸多古迹如大士殿、道彰岩几近荒废的现状，痛惜不已。他曾经呼吁有关主管部门，结合美丽村庄建设，修复林福予故居、大士殿、道彰岩，以及军路底到钟门村的古军路旅游通道等，利用好其旅游价值，把自然景观与历史人文景观旅游结合起来，不断提升旅游文化张力。

《平潭县志》中，记载了大士殿、道彰岩旁边有个岩洞，洞深悠长，据传有山羊从此进入，在隔海的大练岛上的口出来。我的好友也告诉我，他们村的老人，曾经发现这个洞口，结伴轮流点着火把进入岩洞，走了近一个小时仍不见出口，只好退回。有趣的是去年秋天，我与平潭奇岩怪石保护协会负责人，探访白沙垄村邻近的桃花寨山陨石遗址途中，该村的向导告诉我，早年传说在桃花寨山上也有一个岩洞可以通到大练岛上。

这两个传说有点偶合，至于两个岩洞是否真的通到大练岛上，两个岩洞是否相连？我无可考究。但是，这个地段相距大练岛直径不足4公里，而福建省最大的将乐玉华洞石灰岩溶洞，全长约6公里。据白沙垄村附近的南垄村壳丘头新石器时代遗址发掘、考证，平潭远在六七千年前就有人类活动。同时，君山上、流水镇等地发现的笔筒树（桫椤属植物，生存于恐龙同一时代），专家由此把平潭岛的存在推测到史前更早的年代。

漫长的地质变迁，以及人类改造大自然活动等等，平潭主岛与离岛之间存在相通的岩洞是有可能的。相信随着科学的发展，谜底终将解开。

都说“山不在高，有仙则名”。意思是指山不在于高，有仙人居住就成为名山了。尽管当时开建大士殿的僧人璋公算不了仙人，道彰岩所处的山丘并不彰显。然而，游历了大士殿与道彰岩后，见闻了它的前尘过往与神秘传说，我深信，处在深闺中的大士殿与道彰岩遗址，经过文物保护与旅游开发，终将闻达于世，引起更多人的关注。

周而兴，中国金融作家协会会员，福建省作家协会会员，福州市台江区作家协会秘书长，在《福建日报》《两岸视点》《海峡乡村》《平潭时报》等报刊发表文学作品。

传统音乐两“遗珠”

——平潭“十番”和“排只”

◎ 林为梁

伫立于东海波涛的海坛岛，碧水金沙，奇岩秀石，在这集天地造化、聚鬼斧神工的海岛上繁衍着勤劳朴实的人民，他们长年累月与风浪搏击，锻造出丰富多彩的生存技能和弥足珍贵的精神财富。新近挖掘出来的平潭区级非物质文化遗产项目——传统音乐“十番”和“排只”，就是长期埋藏于民间的两颗“明珠”。

与道教文化渊源颇深的“十番”

坐落于平潭老城区东北处的后围庄，鳞次栉比的房屋簇拥着气势恢宏、庄严肃穆的福恩境，在历史风雨中忠实地守护着一方平安。这里，就是平潭民间传统音乐十番的传承地。

金声玉振入岚来，留驻后围不忍离。清光绪年间，崇尚道教的后围村民，在乡贤带领下集资修建了庙宇福恩境。本庄人氏、例贡卢允中自幼文才出众，深谙韵律，被公推为福恩境首任总理事后，从福州茶亭引进流传已广的十番音乐。卢允中聚拢一众好友，共同研习，后围的“十番班”就此问世。卢允中遂成平潭十番开山鼻祖、第一代传人。

后围庄历史悠久，人文底蕴厚实，民风淳朴，民众钟爱传统艺术，是十番音乐理想的栖身之处。在后围这个福地，十番获取到足够的营养，茁壮成长，开启了代代相传的历程。寒暑易节，时光荏苒，虽然遭遇到多场风雨，也曾有过迷惘消沉，传承之路坎坷。然而，十番的根脉从未断绝，至今已延续了五代。

十番的乐器，由打击乐的清鼓、大小锣、大小钹、木鱼、檀板和管弦乐的管、胡、笛、笙、唢呐等构成。演奏的程式分为：以锣鼓起始，管弦合奏紧随其后，再以锣鼓收尾的“单式”和“单式”完成之后再周而复始的“复式”。表演的形式则有“坐奏式”和“行奏式”。至于采取何种方式，取决于表演场所的状况或邀请方的要求，并无一定之规。

老街情怀长厮守，市井烟火难消弭。落户于平潭的十番，很快融入百姓生活，担纲起在迎神赛会、婚丧嫁娶、饮宴聚会等民俗活动中渲染气氛、表达情绪的职责。在娱乐项目匮乏的年代，十番为我们的精神世界增添了不少色彩。

大浪淘沙，去芜存菁。经过市场长期筛选，《普天乐》《步步跷》《一枝花》《雁来红》《万年红》《朝天子》等20多首曲目流传至今，堪称乐坛精品。吸纳了海岛日精月华和街庄烟火气息的十番，节奏明晰，顿挫分明， 内容广泛，风格多样，或慷慨激昂，或低吟浅唱，或欢声笑语，或呜咽悲鸣，无不淋漓尽致地抒发着人们的喜怒哀乐。时常流淌在大街小巷的音符，记载着平潭老城区的盛衰荣辱。十番，与老城区唇齿相依，休戚与共。

铅华暂退待春归，而今迈步可登程。曾经商铺林立、游人如织的南北街在时代洪流的冲刷下，逐渐变得老态龙钟，萧瑟冷寂，让多少平潭人为之扼腕叹息。值得庆幸的是，大开放、大开发激发了岚岛的活力，修复老城区规划的出台，如同一场春雨滋润了干涸的心田，一度沉寂的十番迎来了重新崛起的曙光。十番传承人决心：把握机遇，趁势而上；凝心聚力，谋定而动；扩大队伍，增强后劲；以老带新，培养人才；原汁原味，精耕细作；传播传承，永不停步！

堪称岚台文化交流纽带的“排只”

莫道海山无妙曲，麒麟从来善发声。海坛岛的南部便是风景宜人、蓝眼泪频现的坛南湾，轻柔的海风，把灵妙之气吹拂向周边的村庄。近在咫尺的仙宫下村，古朴静谧，错落有致的石头厝里，时常传出高亢激越的音乐，仿佛天降雷霆，吸引得过往行人驻足聆听，久久不忍离去，这就是独具魅力的传统民间音乐——排只。

追根溯源寻轨迹，历史风云频闪现。俗称“鼓吹”的排只，植根海坛热土200年，见证了各个历史时期。自古兵营离不开军乐，戚继光赴岚抗倭的藤牌战、郑成功周鹤芝部队驻岚的练兵操，无不以鼓吹伴奏，壮我军威。清嘉庆年间，发端于湖南的排只传入平潭，从此与海坛水师结下不解之缘，成为演练藤牌操、举行两岸班兵换防仪式的必奏之乐。随同海坛水师渡海戍台的排只，在台湾安家落户后，与台湾军乐相互糅合，水乳交融，谱写出吸纳了台湾军乐曲调和演奏技巧的排只新篇章，平潭排只由此被称之为“台湾鼓吹”。排只已成为海峡两岸文化交流的有力见证。

清光绪年间，仙宫下艺人陈亲兰在本村组班授徒，奏响了平潭排只民间第一音。1929年，陈亲兰之子陈人祯承袭父业，致力于排只“香火”的延续，从此以陈氏族人为主力的鼓吹班，在本村代代相传，至今已传承五代。声名鹊起的排只以仙宫下为基地，将这种草根文化辐射至县内各处，迅速成为平潭各种民俗活动不可或缺的项目。“文革”期间排只销声匿迹，蛰伏冬眠。20世纪80年代以来，改革春风向神州频频吹送暖意，近年来大开放、大开发热潮激发出岚岛的盎然生机，“文革”期间与排只同命运的藤牌操、词明戏先后复苏，向外界宣示新生。人们，焦灼地等待着排只的归来。

百年遗珠重焕彩，黄钟大吕今又闻。平潭闽剧团原团长陈纪祥责无旁贷地挑起激活排只的重担，几次回到生养之地，召集族人，重整旗鼓，组建成实力强劲的乐队，按下排只复出的“快车键”。众乐师信心倍增，马不停蹄地收集散失多年的曲谱，排练上演，让震撼人心的音符再度响彻岚岛上空。

平潭元素与台湾元素完美结合的排只，经过历史风雨洗礼，形成唢呐主奏，吹管乐器合奏，板、鼓、锣、钹等打击乐器伴奏的演奏形式和节奏明快、气势壮阔、声调高亢、情绪热烈的音乐特色。《将军令》展示了沙场征战画面：随着将领一声令下，三军呐喊，万马奔腾，壮士们奋不顾身，勇猛向前冲杀；《得胜令》再现了大军凯旋的场景：获胜归来的勇士们身披征尘，意气风发地策马驰向夹道欢迎的人群；《新水令》《节季令》《八帅令》《招番旗》《千秋岁》等十余首曲谱，或抒发报国情怀，或描绘庆典盛况，或寄托思念情愫，或歌咏美好事物。这些大气磅礴的民间音乐，余音足以绕梁三日。

仙宫下鼓吹班在同心协力传播传承排只文化的同时，无限思念同宗同源的台湾排只艺人，翘首期盼能早日实现两岸同胞牵手，共奏排只。

林为梁，退休人员，福建省作家协会会员，著有长篇小说《藤牌操传》，创作《王怀女归宋》《救边关》等闽剧剧本。

相思如花　守望成树

——写给故乡的相思树

◎ 何玉华

5月，厦门被艳丽华美的凤凰木点燃，成为朋友圈里的网红打卡景点。

同样是海岛，老家平潭的山野却被另一种土生土长的树木倾情绽开的满树金黄所笼罩。这个季节，只要在平潭的山野，闭上眼睛，深吸一口，初夏温润的空气中必定流转着一阵阵浓郁的芬芳；张目四望，漫山遍野都是开着金黄色小花的相思树林。从老县城的北门开始，一条废弃的水渠边上就有几棵枝干曲里拐弯的相思树，顶着一头金黄的头饰斜倚着几栋青黑的石头屋，宣告相思泛滥的5月来临了。

抬头仰望，茂密苍翠的树冠上一串串细密金黄、毛茸茸、粉嘟嘟的小花喧闹着、争抢着，从翠绿的枝条中喷涌而出，和5月的阳光一起晃花了我们的眼。纵目远眺，苍翠金黄的相思林子几乎是一路欢歌，沿着一埠的山谷跑过金岚山，又呼啸着卷过平潭最高的山——君山，站在5月明亮的阳光下，海的那一边，也一样是它的故乡。

平潭岛上种植的相思树林在植物学上称“台湾相思树”“相思仔”，广布于中国台湾、福建、广东、广西、云南。在平潭，相思树的方言名称叫“楸篱”（篱要读入声），不知道植物学上的台湾相思树到了平潭怎么会有这样的一个称呼，但我还是更喜欢老家的方言发音“楸篱”，总觉得它有着小院篱笆的味道。宋人杨万里的《宿新市徐公店》：“篱落疏疏一径深，树头新绿未成阴。儿童急走追黄蝶，飞入菜花无处寻。”一条小径连接着远处的那个篱笆墙还有后面的小院和爹娘，那就是游子夜夜梦见的家和故乡。君山一带的乡村多用颜色苍黑的玄武岩砌就，相思树开花的季节，金黄的花、青碧的叶和苍黑古朴的石头厝相互映衬，一直觉得是记忆中最美的故乡景色。

而那个叫“楸篱”的相思树也是我们童年的玩伴之一。相思树的树干曲里拐弯，木质坚韧，可做车轮、桨橹及一些农具。在土质贫瘠、风大沙猛的平潭岛，能待得住的植被不多，木麻黄、马尾松和相思树成了平潭镇岛的三大树种，防风固沙，涵养水土，绿化荒山，这三种树功不可没。

同时，在全都依仗柴草来烧火做饭的年代，木麻黄、松树和相思树极大程度上保证了每一户家庭的炉灶中能够升腾起明亮温暖的火光，锅里的饭菜能够散发出诱人的美味。童年的必备功课是，放学后要和同伴一起耙草回家供应烧火。到林子里耙草，除了木麻黄的落叶、松树的落叶，再就是相思树的落叶，尽管相思树的落叶不耐烧，但是火一点就着，扒拉一些回去，一则可以做引火的材料，二则可以凑数填满草筐。当然，对我们而言，上山耙草并非全是纯粹的劳作，其实更多的乐趣在于像一群鸟雀回归山林，丢下书包，远离父母的管束，可以漫山遍野地瞎逛疯玩。

木麻黄主干笔直高大，不够结实的枝杈容易撕裂，只有个把高手能够爬上木麻黄树向我们炫耀他的体力和技巧；松树的松针扎人，我们基本不去找没趣；但相思树不一样，树冠浓密硕大，枝杈极多，四向生长，找到一棵大树，一群伙伴各自找个枝杈，或骑或躺，看树下老牛啃食青草，仰望蓝天白云悠悠，一阵风过，树摇枝颤，而我们则有绿海泛舟的幻觉。在相思树上捉金龟子、知了，也够我们忙活半天。

稍大一点，我们发现用相思树枝条来制作玩具所带来的乐趣，远在捉金龟子和知了之上。相思树的枝条弯杈多，韧性又好，是制作弹弓极好的材料。找到一根一个枝上开出两杈的树枝，只需一把小刀，削去多余的枝节，安上一节皮筋，再配上苦楝树的树果，绝对无敌的武器就诞生了。选出粗细合适的树枝，按照一拃长短切段，两头削尖，我们的“一笃翘”就做好了。一块板子，一只相思树树枝削出的“一笃翘”，外加一群乡村野小子，整个场院就沸腾了。板子一敲，“一笃翘”腾空跃起，挥板一击，“一笃翘”画出一道优美的弧线射向远处。少年的那一点点斗志就被挑起，铆足了劲，比赛着谁的“一笃翘”能够飞出更远的距离。

在乡村少年的眼里，一只飞得足够高、足够远的“一笃翘”仿佛就像神勇的空军战士驾驶战机飞入蓝天。记忆里，恣意挥洒着童年快乐的那个场院至今还弥漫着相思树树枝特有的清香。

韩厝后山和正旺后山的相思林子高大且密集，开花时节满山的翠绿金黄，香气浓郁，树下的落花覆盖了山中小径，真有点童话的画面。一次在相思树开花的时节，我造访了驻防后山道陆军部队的朋友，也是我们的大学军训班长们。我突然想起要写一篇反映军旅生活的小小说，背景就用那满山开花的相思树。当然，小说是没有写成，但后山道部队驻军附近的相思树林子，成为记忆中印象深刻的画面。

1987 年入学军训，带我们的士官们刚好来自老家平潭的驻军，因为这样的一份渊源，每年寒暑假，和几位好友都会受邀到部队驻地找军训班长们玩。一来二去，来自浙江兰溪的陈、绍兴的老王、安徽的吴和宁化的廖班长，成了我们来往最经常的朋友。

那个时候，军训班长们的年龄和我们差不多吧，印象中高中毕业入伍参军的老王显得成熟些，而腼腆的廖班长有着一种乡村少年的淳朴稚气在。后来这几个军训班长都考上军校成为军官。我呢，大学毕业之后忙于上班，忙于小家庭，接着这些朋友也陆续转业回到各自的家乡，此后音信渐稀。

后来再见到陈班长一家时，他们家的陈世豪已经长成一个接近 1.8 米个头的瘦高秀气的青年。想起陈世豪从前在我们家住过一段时间，那个时候，读一年级的他黑瘦小个，眯着眼睛很真诚地告诉我：阿姨，我要给你种一棵大大棵的苹果树，结好多的苹果给你吃。恍惚之间，我生出好多感慨：匆匆走过的时光啊，都藏在孩子拔节长高的个子上吗？见面时，陈班长一家一边感慨平潭的变化太大了，一边品味平潭的海蛎饼是不是还是从前的老味道。

有一次，在微信群里转发了平潭二桥即将通车的讯息，惹得几位曾在平潭服役的朋友们激动不已，纷纷表态要找个机会回平潭看看。长满相思树的韩厝后山和正旺后山，还有平潭的地标君山，于我们而言是我们土生土长的故乡。而于这些曾经驻守海岛的军人而言，是他们青春的记忆吧。他们曾经把生命中最美好的青春岁月，留在了一个长满相思树林的海岛上。

平潭和台湾一水之隔，隔海相望。在特殊的历史年代里，骨肉离乱，亲情阻隔，多少同胞在战火离乱的年月里饱受相思之苦，渴望相聚重逢之切。一位老先生说：像我这样年龄的人，还能看到白发皤然的老母是幸运，今生今世不能够留下来奉养她，又不能接走她，流一场眼泪再回台湾也心甘。

和平年代，虽然因为战火而离乱的人间悲剧渐渐成为历史，但和平从来都不是唾手可得的，一样需要奉献甚至是牺牲去换取。平潭作为海防前线，一直都有驻军。一茬又一茬的年轻士兵把他们的青春留在了这个海岛上，不知道海岛上5月开满黄花的相思林子是不是也把那一片苍翠金黄留在了他们的记忆中？

和厦门艳丽火红的凤凰木相比，相思树林是朴素的、平常的，对于那些与它相依相守的人们来说，朴素平常得从不需要想起，但永远也不会忘记。

何玉华，毕业于福建师范大学中文系，一个热爱教育、热爱花草、热爱文字的中学语文老师。

七年花期风来送

◎ 韩丽云

岁月如海水，波澜起伏；时光如海风，逝者无痕。7 年前，那时的我，从未来过此地——屿头岛。

屿头岛位于海坛岛西北端，离长乐松下和福清城头较近，可平潭大岛到此较为偏远，需要花将近 2 个小时。

记得那时坐的船，船体锈迹斑斑，大胆地在各处显露它的抗议，船舱内阴暗潮湿，空气中弥漫各种杂味，船门一关，恍惚间像古时代难民要逃离避难。登岛后，我们钻进了三轮铁皮车，一路轰鸣，颠簸着飞驰在一条坑坑洼洼的土路。下车后，我站在黄土的操场，望着破旧的校舍，燥热的风夹带滚滚黄土扑面袭来，挡不住退不去。海上起风，岛上隐隐约约蒙上了一层雾，看不清远处的山。

生活是一场未知的修炼，选择了，就要经历。凡一开学，日子开启了小岛模式，每个人仿佛变成一个个黑点，在只有以天地高，时间长，海坛和屿头两地宽的生活空间里，慢慢适应，拨开云雾，自我成长。

夏日夜空，星星和月亮常来点缀，黑会淡点。屿头小学，四周无房无灯，空落落的田野地，有的是瘦干干的木麻黄影子般摇晃。远处松下海港闪亮的灯火，缓解了黑夜无奈的焦虑。可隐翅虫躲在暗处让人防不胜防，臭虫极为猖狂，肆意撞击窗户。关灯吧，期盼能梦见班上 62 朵小花如小天使般可爱，不再让我茫然无措。天亮了，风又起！

昨日被隐翅虫咬的右腿膝盖窝愈发疼痛，我一瘸一拐地走向教室。“哇哇——老师，我找不到我的位置呀。”一小女孩抱着自己的书包跑到我的面前哭诉。“老师，我可以喝水吗？”“老师，我要上厕所！”一年级的班级事碎杂小，对于没有经验的我，就像掉进一锅八宝粥里，被捞出来后被大的、小的、红的、黑的、豆子、芝麻各种黏得满身。有时我的一句话，总会激起这一群小雏鸟们千层浪般的叽叽喳喳，课堂纪律难掌控，每天都在挑战嗓子的极限，我心乱如麻，不知如何出力，仿佛陷入泥潭之中，泥沼模糊了我的眼睛。62 颗小星星呀，老师该用什么方式让你们在自己的小宇宙里，找到轨道，正常运转，发光发热呀？海浪翻动着身体，又沉默了。

一次，为了过六一儿童节，在平潭各处的大岛老师起早贪黑，跋山涉水，绕过福清长乐松下，赶 7 点松下渡进岛。我 3 点多起床，伴着鸡鸣从乡下出发，开车师傅一个个接上我们，折腾地开进困倦的黑夜，欢快地驶向欣喜的黎明。那一天，我明白了，只要坚定自己的目标，无论你身处何地，都无法阻挡你前进的脚步。

时光柔软，海上的船只来来往往，一切慢慢变好，我也默默前行。

几年后，综合楼建成，小岛也有多媒体功能教室。各班级教室重新粉刷后装上了班班通，老师摇摇晃晃的讲台桌换成新的，学生的木桌子换成新的。大榕树旁开设了读书吧，一排排新刷橙色的椅子上，总看到有孩子坐在上面看书，百鸟欢叫，树影斑驳。《牧羊少年奇幻之旅》一书中，老人对男孩说：“当你想要某种东西，整个宇宙会合力助你实现愿望。”岁月安好，躲进书中，心也静了，仿佛可以容纳所有，我听到花开的声音，那是我的学生全神贯注的眼神。

苏澳码头的旧船换成大排量大空间的新船，船体更稳些，更舒适，班次也增加了，更方便。站在甲板上，望着被船犁开的浪花，螺旋桨也翻起层层白浪，克服眩晕，迎风含笑，对雨当歌，我们可以更好，继续成长。

天一沉，猛兽般的黑暗灿烂了整个天空，黑冷得绑住热情，即便抹去诗情画意，可锁不住渴望的脚步，因为我们想离星星更近些。那一年，我遇到了思维导图，这是全新的学习工具。纵然世界有多吵闹，生活有多寂寥，我打开素描本，仿佛世界静止了，曼妙悄然绽放，欢乐在彩色的笔头上嬉笑跳闹，喜悦在画纸上蔓延开来，时间小孩跟你开着玩笑，飞快地躲藏着。

倦了冷了，我躲在暖和的被窝，还思忖着怎么教这一批的新生。辗转难眠，只想那时岛上的夏日，晚霞最后散发出温热的丝丝余光，暖人心扉，温柔如棉、如枕。

又一寒假过后，学校外围修好了水泥路，原先泥泞的操场铺上了红砖。小孩子们在雨中奔跑，在水中嬉戏，折纸船水上漂，捉蜗牛观察，找到无尽的快乐。雨停了，美好似乎也不安分了，蜕变的光芒藏在云朵背后，等待着闪耀的那一刻。

远处的风车缓缓转动，海风温柔地吹来。岛上，春色满山跑，跑进我们幸福的蓝图。油菜花田里，学生闭上眼睛，与花对话，浮想联翩。一次带学生寻春看花，在孩子的心中播下春的希望，种下了对未来的憧憬和向往。快乐学习，是我努力的方向。多年后的我已不再懵懂：深知为人师者，春雨润物，无声胜有声；春风化雨，野草吹又生。

在这个碧海环绕的小岛上，新操场修好，拆掉旧围墙后，学校整个视野开阔了，蓝天白云下，五星红旗高高飘扬，老师和孩子们自由自在地放着风筝。

7年后的今天，新花圃里的旧树，日落余晖染红它们天边的空白，树干的轮廓印在蓝天，似乎在眺望远方，我心里闪着光，仿佛它们能盛开出别样的美。现实的泥土并没有埋没我们成长的脚步，反而让它朝着自己的方向更坚定地生根发芽，我想不管在哪儿，都可遍地开花结果。

山重重，路漫漫，船悠悠。每次来来回回，总会看到我国第一条公铁两用平潭跨海大桥一点点地变化，桥墩一段段地架起，桥梁一节节地接上，它也在风风雨雨中越来越好。祖国强大之势锐不可当，我们是时代的见证者，更不能停止前进的脚步。

7年花期已过，谢风来相送，扬帆起航，新的征程！

韩丽云，平潭岚城乡中心小学教师，平潭作家协会成员。喜欢文学，曾写过散文《石厝年事》《载满船的红星梦，前行》，教育随笔《七年花期风来送》《飞过大海的春天》，童话《风婆婆和木麻黄叔叔》等。

文汇·诗歌

那不曾中断的光芒

◎ 王猛仁

从一捧黄土的身体里溢出
有如荒凉困乏的田野
骤然之间
凝成神妙的词句
把内心的痛苦一一披露
有时，她像我们的思想
以苍白的谶语
踯躅在忧郁的天穹
尽管无声
却时有雪花飞舞

倘有一天
我们的目光无法握住美丽的鱼
不如让风盛开
我能隐约记得
一张张憔悴的面孔
透过星星点点
总想让自己潇洒几分

尽管鸽哨不怎么嘹亮

一首古老的民歌
长时间占据浓云密布的心头
向着枯黄而光秃的林木抒情
我开始奔波，瞻望
从容不迫地藏起泪水
用繁密的音节浇铸

就这样
当疾飞的候鸟消失在黑夜
它的光芒依旧从高空落下
将我团团围困
此刻，我瞥见了洁白无瑕的荣光

王猛仁，中国作家协会会员，中国书法家协会会员，河南省文联委员，河南省作家协会理事，河南省散文诗学会副会长兼秘书长，周口师范学院兼职教授，著有《养拙堂文存》（九卷）等，诗歌、散文诗作品获第十八届黎巴嫩国际文学奖等多种奖项，部分作品被译成多种语言。

历史深处的诗篇（组诗）

◎ 叶发永

寻古大庙山

1

沿着仄仄的石板
从山脚进去，一路蜿蜒到山顶
你会感觉自己被时间推着
一直在后退
最后，退进两千年前的汉朝
才慢慢转身

眼前草木葱茏，瓦舍安详
我把遇见的人点化成古人
让那个越王勾践的后代在这里重新登台
他头顶冠冕，南面称王
这时，天地苍茫，天风浩荡
我看见房屋后退，江水上行
看见山脚下汪洋一片
汹涌起伏的浪涛，像闽越国的子民
奔跑欢呼

2

从这里望上去，山顶上的越王台
就像一个老人端坐高处
俯瞰江山万里

但我更觉得它是一道来自上天的旨意
或者一枚王者的印玺
自从越王台戳在峰顶
山川肃穆，纷争止息
八闽故地从此安静下来

3

没有大庙
没有叩拜的子孙
大庙山的身世让许多人怀疑

还好，大庙塌了
王气依然还在
从这里往下看，你会发现
风喊着口号，领着一排一排的树木
年复一年都在山坡上朝拜

到了晚上
山下还有满城的灯光
像香火，一直亮着

4

与其说关着的是一条龙
不如说关住的是光阴、是想象、是故事
是王室的风云

明知井里看不见龙
还是探头入井，只为确认自己
是个俗人

也想养一条龙陪伴左右
心情好时，行云布雨，飞龙在天
心情不好，潜龙在渊，神龙见首不见尾

5

说它是登高石
每年九月九，总有人心怀喜悦
在它身上踩一踩，跳一跳

但没有人想到
从天上跌落人间，它是不是
想回家

在人间
我一直在寻找一种石头
踩一踩，可以让自己的骨气
拔高三厘米

6

是大隐隐于市吗
曾经显赫的大庙山淹没在街市
淹没在历史厚厚的风尘里

从山顶回到山脚，我看见
那块碑刻从山麓退到路边
又从路边退到墙角
碑上的字，进退维谷

现在，我坐在一条青石凳上
喊出米襄阳
与这位宋朝的大师
隔空对话
然后，我们一起，对这座全闽第一江山
重新赞叹一回

水声灯影里的上下杭

1

水在用劲
泥沙在用劲
时间在用劲
数万年的沧海桑田，一万次的潮涨潮落
波涛受孕，波涛吐出两道彩虹
一个叫上杭，一个叫下杭

——上下杭，因水而生，临水而立
——上下杭，船行天下，连接江海

2

“城南十里沙为岸，鳞次千家拥钓台”
一水一码头，一家一商铺
水赶着山货，赶着高山流云顺流而下
水赶着海产，赶着海韵天风逆流而上
山海际会，八方来客
水与水相连，水与水相通
水在上岸，水在吆喝，水在走街串巷
推波助澜的水，高山流水的水，水水联手
把上下杭的繁华与锦绣
送出千里之外

3

商铺林立，商贾云集
商行进驻，会馆集聚
“近市鱼盐千舸集，凌空楼阁万山低”
再加上饭馆、客栈，加上
人声鼎沸和舞榭歌台
就是一个十里洋场的上下杭

潮涌双杭出
上下杭是一艘弄潮的船
一个叫作闽商的群体

一种敢拼会赢的精神
就从这里扬帆起航

4

夜幕低垂，喧哗退潮
晚妆后的上下杭，款款深情
此时，渔火点点，江风温柔
明月皎洁，灯火朦胧
此时，适合谈论风月
适合才子佳人柔肠寸断
在春风十里的南台，且放下人间是非
且卧清风一榻，看夜色无边
听珠娘弄弦
听桨声欸乃
听水声如一行押了韵脚的诗句
平平仄仄，荡进夜的深处

远处，一盏红灯笼一直亮着
像谁家的女子
在等着一个彻夜不归的人

5

在上下杭，你会看见
达官贵人的身旁就走着贩夫走卒
释迦牟尼的旁边就坐着孔子或者老子
一边书声琅琅
一边木鱼声声，梵音缭绕

在上下杭，你会发现
高高在上的张真君入乡随俗
心甘情愿被供成了“商神”
心甘情愿跟着众人高喊
——圣君殿潮水两头涨，财源滚滚随潮来

泰山不让土壤，故能成其大
河海不择细流，故能就其深
走在上下杭的街上，穿过千年繁华
我看见了她的兼收并蓄
看见了她的有容乃大

叶发永，福建省作家协会全委会会员，福建丑石诗群成员，现供职于福州市台江区文联。作品见于《诗刊》《星星》《草堂》《诗潮》《诗林》《福建文学》等刊物，入选福建省百年百个诗人。获福建省第二十六届、第二十九届优秀文学作品奖暨第八届、第十一届“陈明玉文学奖”，福州市第二届、第三届、第四届茉莉花文艺奖，第八届冰心文学奖，财政部“建党九十周年”征文一等奖等。

诗 五 首

◎赖 民

仲秋寻月

追寻着您的追寻
秦时明月与当下歌吟
边塞堞口的冷辉
与乡关乡音乡曲
婵娟、素娥与您

这个季节，远了月如钩上了柳梢头
轻轻拨动着丝弦弯弓
爬上半杆跃上无眠的山岗
海上已是一轮圆满冉冉升起

挥别了春江春庭春花夜
大雁从瑟黄的芦荻飞过
只有您的眸子清亮了秋湖秋水
照彻眉骨鼻翼
和您的隽秀的脸庞

月光擦拭得宁谧无尘
我是否还在苦苦地巴望
是否还在牵引着荒凉
是否等待倾泻一泓皎洁的期盼

让霎时晴朗如我
抬望帆远水蓝
去溯踪岛上村头儿
那屋檐风铃叮当下的窗棂
您的眸光濯满了双肩双踝
潋滟了我一往深情的粼粼

传　说

如果，你能携走一阵风
一朵云一泼雨一滴露珠
一粟沧海一场春秋一节风华
一枚豆蔻的初心

是否也能带走我经年之后
叩开梦的思量无声的呼唤
心底的波澜簇拥那口古井边上，飞翔着胆怯的目光
去迎接视而不见矜持的装蒜

为什么不携走我一丝眸光

一点心情一抹耳根的泛红发烫
让你蓬勃的黑发茁壮出两根短短的麻花辫
军裤的草绿醺开满地的青涩羞然

以你旧时的模样，再次出发
再次让我目光躲闪着甜蜜的慌乱
手脚也不爱听从使唤，将心跳与时光
都停留在这一刹那一片段一悠长

九月的咏叹

南飞的大雁呵
听寻到丹桂馥郁的气息
你把阳光扇于羽毛翕动
在季节的转折眺望远方

秋水的脉脉荡漾的眼光
居然看到乌云踱着方步
远远雨顺着斜风瓢泼
晚霞都快淹没到颅顶

连露珠都难逃一劫
繁花已然落红乱红
更哪堪雏菊满地
枫叶挝成萧瑟

而秋的梦想在雁字徘徊的
长夜充斥着挽歌
星光次第蔓延谁也无法独擅
即使来自权贵狺狺的垄断

我只想借您纤纤的柔荑
等待去抒发大写的人啊
去讴歌秋光里的风扫残云
永夜的雨后必然是昼的虹霓

期　　待

你存在于
记忆时空永远
七千年壳丘头文化浸润
东岚热土如此祥和
神鹿飞奔骏马扬鬃
抗倭的烽火袅袅
戍台的战篷云盖
歼日的号角响遏行云

当下，你繁衍青春时光
纸鸢飘逸寥廓
杨柳轻扬洒脱
透过纤纤柔絮
熨平皱巴巴的心跳

烙红霁月摩挲的不了情

也许，我们会在这个年份
结实地收获夏稔秋熟
飒飒作响饱满的谷穗
麦芒和豆的润光
哪怕荒烟斜逸倒春寒
前程归路凝眸醒耳
雪层的泉眼喷薄
鲜活的生命横贯原上莽

洋溢在思想的每一刹那
摄动于神经的每一末梢
哺乳以青葱
镌刻以穹深

秋绪零落

迟暮薄情抹上最后一笔纷乱
已是漫天的涂鸦
新一轮的车水马龙
奔腾着充满诡黠的流觞

在摆满电动驴子的人行道中
侧身挤过，这个似乎美丽的城市
淹没了我的行走

斑马线上从未有过的局促

兵荒马乱的思想溃不成军
无法确认是否等待强光幻成柔水
疾驰卷尘收紧了脱落的缰绳
好想突然生长的天桥让我从容安宁

甚至忘了赶路将奔向何方
是否有人为了等我而望眼欲穿
从天而降抑或从地上生生地冒出
一任秋绪裹挟落红簌簌荒凉

想起了韶华消弭的临风玉树
那一心满溢馥郁
曾有过你太浓烈而我不敢临近
今天却有了贴身的亲近
哦，一瓣瓣的心香

赖民，福建省作家协会会员，福建省民间文艺家协会会员，福建省政协文化文史与学习委员会文史研究员，福州市中共党史学会会员，福州市戏剧家协会会员，平潭社会事业局原文体处主任科员，2016年度平潭“最美文化工作者”。

夏天的但书

◎ 林来梵

夏天的但书写在平潭
一群甘心老去的朋友
陆续来到这里
听海底沉香的诉说
他们错过了很多蝉鸣的月夜
错过了我的石头村庄
变成闹市的传说
但这些并不要紧
在多情的岛上
往事总会写进诗行
由潮汐拍打在岸上
一遍遍咏歌

今年的盛夏
我真想拥有一座岛
让一切都特殊起来
把平庸的想象全部放逐
阔别的好友踏浪而来

听石头唱歌
我们向东迎着海风
喝着烈酒
不在乎当下
不揭过去的短
只是意味深长地笑着
彼此勾起诗兴
顺便推断南明鹤的去向
任一群海星在岸上变成风车

2018年8月16日草成
2021年7月13日定稿

林来梵，福建平潭人，20世纪80年代出国留学，法学博士；现任清华大学法学院教授，博士生导师，清华大学国家治理研究院副院长；主要从事法学领域的学术研究和教育工作，兼任中国宪法学研究会副会长，系国务院特殊津贴专家。

田园禅意古典诗词（十首）

◎ 蔡荣电

【词林正韵（依钦谱）】

临江仙·空山面壁

临渊羡鱼鱼不见，
无妨收起渔竿。
尾随青鸟入幽山，
欲寻水竹屋，
问道绿松园。

掬泉洗尘人面壁，
只因名利相缠。
静看夕照入山峦，
只红西海岸，
不染港东湾。

【词林正韵（依钦谱）】

一剪梅·踏雪寻梅

冰冻河山寻隽材。
天地茫茫，
白雪皑皑。
暗香疏影洁无瑕，
缀点寒江，
点缀冰崖。

原想雪峰来去来，
伴随姜公，
垂钓高台。
谁料走遍海天涯，
不想随流，
却染尘埃。

【词林正韵（依钦谱）】

念奴娇·重阳西山登顶

泛舟古渡，
绕竹林左岸，
独临残庙。
荒岭野村谁识道，
远水流云笼罩。
溪浅无鱼；

树高风绕，
雨洗千山俏。
无人幽谷，
鹧鸪啼唤焦躁。

我欲弃俗修灵，
鱼篓高挂，
红尘邀君蹈。
踏履武陵寻菊客，
不料藤枯花老。
自负平生，
仰天长啸，
管你池蛙笑！
孤峰登顶，
怯望烟霭西照。

【词林正韵（依钦谱）】

菩萨蛮·澳门行

南湾远眺舟如鲫，
桥横氹仔巴山碧。
微步上高楼，
挽风临蓼洲。

圣堂听圣语，
琼宇谁能去？

沙水毕难留，
指间缝隙流。

【词林正韵（依钦谱）】

浣溪沙·夜宿岚岛石头屋

傍海依山隐宿名，
暮烟西散听蛙鸣，
晚潮正起月初生。

星座轻移东渡口，
我眠石屋梦无形，
窗棂风掠却留声。

【词林正韵（依钦谱）】

鹊桥仙·秋思

云遮孤雁；
风摇残荻，
倦鸟多遭遗弃。
弯溪柳下鹭鸥稀，
依可见、绿黄交替。

临泉洗俗；
登峰面壁，
欲借东南紫气。

碧潭垂钓访幽篱，
静思索、红尘远避。

【词林正韵（依钦谱）】

临江仙·过迪拜红沙漠

苍野风急归雁远，
驼铃依响荒丘。
白驹过隙又金秋。
夕阳依旧在，
逝水不停留。

欲伴飞鸿南岭去，
谁知微愿难求。
江郎自晓少才谋。
秋深多落叶，
溪浅易消流。

【词林正韵（依钦谱）】

西江月·东篱无尘

梦幻桃园半亩，
欲跟陶令相邻。
虽然蝉雀噪声频，
可借温泉解困。

舟泊柳丝堤岸，
鹭栖芦苇河津。
东篱若是不飞尘，
愿弃俗名远遁。

【词林正韵（依钦谱）】

菩萨蛮·送别

欲将踏浪云裳破，
千帆却被阴霾锁。
雨乱尽风波，
不吟离别歌。

异乡难醉卧，
远道棱须磨。
绕道渡江河，
任凭歧路多。

【平水韵】

题：陆小曼山水画册

幽谷深潭雪瀑飞，
燕低鹭起俩相依。
风吹溪鸭舟移岸，
泉绕山亭草蔽薇。
西涧枫红簧竹瘦，

东江水碧鳜鱼肥。
直钩钓客陪骚客，
不是忘归是不归。

蔡荣电，曾供职于福建省作家协会。中华诗词学会会员。中国管理科学院特约研究员、客座教授。著有《遥远的感谢》《独闯江湖》《海湾地面大战》等著作。曾在《人民文学》《诗刊》《中华诗词》等发表作品。作品曾获中华诗词优秀奖、“天籁”杯金奖、《诗词世界》优秀奖等。

圈越岚岛君山（组诗）

◎ 周宏藩

一

豪兴来酬舞共君，山崖临海羡游云。
当逢胜日青当踏，越赏佳光人越醺。
野鸟空中歌婉转，岚烟林里袅氤氲。
齐修两得身心好，为表闲情有一文。

二

为表闲情有一文，都言谊重不离分。
四时岭翠林连草，千仞山高峰入云。
觅得峥嵘留我爱，赊来剔透换醪醺。
同心同德同扶搀，足下何妨逾万斤。

三

足下何妨逾万斤，豪情逸兴结成群。
眸含层岭青同望，耳听幽禽歌共闻。

美景轻寻堪入道，风流重掬可题文。
峰巅自有岚烟袅，天上人间两不分。

四

天上人间两不分，情临深处竟如焚。
踏青自是幽蹊进，拟棹应当陂堰勤。
细水涓涓究万石，潜林满满引千文。
有人询我为何得，豪兴来酬舞共君。

周宏藩，福建省诗词学会会员、福建公安文联文创协会理事、福建省老艺协会员，平潭综合实验区作家协会会员、平潭综合实验区民间艺术家协会理事，平潭综合实验区公安局三级技术主管、副主任法医师。